我

作為一名書商在廢土中獨自流浪生活，和大多數廢土的生存者一樣把個人利益擺在最優先，但也有著身為商人應有的操守，重視誠信與公平，堅持在賣書之前一定會先把要賣的書看完。

年齡：17歲
身高：170公分左右

世

書商

Book

in the

world.

紫虛

從小在書庫裡成長，所以地下室的所有藏書基本上都讀過一遍，立志也要寫出能感動人心的男人炙熱友情作品。「我」在圖書館中偶然發現隱藏的地下室和紫虛，紫虛表示願意把地下室的藏書都贈予他，條件是要帶著她一起旅行，尋找她的父母親。

年齡：15歲
身高：155公分

世紀 書商

Books ler in the
lost world.

師傅

柯羅諾斯

「我」的師傅，殘酷、沒有憐憫心的絕對利己主義者。
教會主角識字、經商，過程中採取完全的斯巴達教育。
經商時只會考慮自己的利益，如果一筆生意會導致戰爭
但卻能帶來莫大的利潤，他會毫不猶豫地把書賣掉。

年齡：？？？

黎

舊時代的機器人。被他稱為「父親」的人製造出來，腦袋裡的資料庫保有許多舊時代的技術和知識，「父親」委託「我」將黎送去各地的城鎮或村落，希望黎能用自己的知識改善居民的生活。喜歡看人笑。

年齡：？？？

世紀末書商

Bookseller in the lost world.

GOBOOKS
& SITAK
GROUP©

GOBOOKS
& SITAK
GROUP©

三日月書版

三日月書版

世紀末書商

Bookseller in the lost world.

八千子

illust. 淺也井

2

Contents

〈馬爾他之鷹（上）〉（原著：達許．漢密特）

1

旅行中，時常有在都城停留的機會。有時是為了補給物資或修理狗車，有時則是為了做生意，不得不多給客人考慮的時間。

有時只是單純順應自己的心情，享受在人群熙來攘往的街道上悠閒漫步的感覺。

就算書商的職責是走遍各地廢墟，發掘舊時代人遺留下來的典籍，也不代表我們喜歡與危險和死亡為伍。我已經聽過太多同行為了找書，最後淪為野外無名屍的故事，如果能過上安穩的生活，相信沒有人會拒絕。

和旅店的掌櫃討價還價或是被工具舖的老闆敲竹槓，這些日常才是生活的一部分。就算是我這種對書特別執著的書商，也明白天秤的兩端從來都只有幾分臭錢和爛命一條，所以每當有機會在城裡駐足，我總會去看看街上的商鋪。並不一定是為了購物，只是單純享受浸泡在文明世界的感覺。

其中，我最喜歡去的地方莫過於雜貨店。

所謂的雜貨店，意味著店裡千奇百怪的商品都有，除了最基本的服飾和日用品，也有許多舊時代的發明。這些東西大多是從拾荒者手中低價買來的，由於商店主人往往也不知道行情，因此成為許多人淘寶的好去處。

對旅行書商而言，寶物自然就是書了。

大多數人都看不懂字，書在拾荒者眼中只是垃圾，但如果運氣很差，除了書以外什麼也沒找到，他們也會把書從廢墟裡帶回，轉售給雜貨店，多少賺點零錢，所以城鎮裡的雜貨商行便成了我碰運氣的地方。

記得那時我正站在櫃子前翻書。櫃子上除了書以外，還擺著茶壺、馬克杯、衣服還有文具，商品陳列雜亂無章也是雜貨店的特色，這種做法可以強迫來光顧的客人花時間關注其他商品。

忽然，一陣尖銳的嗓音刺進我的耳裡。

「你怎麼這麼不講理呢？我就說東西在我這邊，只是沒帶在身上而已！」

「不，客人，不是這個問題，而是妳出的價格實在是太……」

我暫且把目光從書本上移開。

櫃檯前，有一個女人正和雜貨店主人爭吵，與其說女人身材苗條，不如說是纖瘦，目測大概二十幾歲，穿著藍色短上衣和牛仔短褲，是舊時代年輕女性的典型打扮，只不過衣服上到處都有汗漬和修補的痕跡，脫落的線頭垂在她的腰際處，纏成一個小毛球。

「如果你知道這本書的價值就絕對不會說這種蠢話了！還是你擔心我收了訂金之後會跑掉？我

可以告訴你我住的旅店在哪裡，我發誓我哪裡都不會去！」

「注意妳的口氣，客人，我不是非得做妳的生意不可，而且我們這是一手交錢一手交貨的。」

「拜託！別那麼死腦筋，我保證你不會有損失！」

我從年邁的商鋪主人臉上察覺到慍色，他對女人的耐心已經到了極限。原本我只是想挑個安靜的角落白看書，但要是女人搞壞了老頭子心情，等等被遷怒的人很可能就是我們。

我將書塞給身旁的紫虛，請她替我記好讀到了哪一頁，接著往櫃臺走去。

「連一本書的價值都看不出來，虧你還說自己開店開了四十年！」

「因為這是間雜貨店，不是書店。」

我來到女人身邊，女人一臉狐疑地瞪著我，商店主人則是拍了拍自己的胸脯，露出終於鬆一口氣的模樣。

「不好意思，你是？」

「知道書本價值的人。」我說。

「那好，你能不能替我勸勸這老頑固，讓他知道我手上這本書值得他用七十五張彩券買下。」

和彈珠、瓶蓋還有撲克牌一樣，舊時代發行的彩券是這座城市使用的貨幣。但不知是被獅子大開口還是莫名其妙挨了罵，我只注意到商鋪主人的臉色變得跟門口的水溝一樣臭。

「七十五張彩券不是筆小數目，尤其是當妳讓買家不愉快的時候。」

「喔，是，我知道，但它絕對值得任何人擁有。不信，你瞧瞧。」

女人將放在櫃臺上的紙遞給我，還不忘補上一句：「如果你真的懂書，就沒道理會看走眼。」

紙上寫著「馬爾他之鷹」幾個字，並畫了一隻黑色的老鷹，除此之外，還有出版社以及作者的名字。我立刻看出來這是一張臨摹，描繪對象正是這本書的封面。

「這是妳畫的？」

「不錯吧。」女人揚起下巴笑著說：「我也沒想到自己這麼會畫。」

「所以妳也不知道這本書的名字。」

「噢……」她遲疑了一下。「為什麼這麼問？」

「這是老招數了。」類似的把戲我見過好幾次。「妳如果知道書名，大可直接唸給別人聽，沒必要刻意把封面畫下來，妳甚至連宣傳標語都抄了。」

我告訴女人這本書的名字，她跟著複誦了一遍，似乎想把書名記起來。

「你說得沒錯，我的確看不懂字，但這不影響這本書的價值對吧？」

「這是當然。」

她接著問：「看起來你跟其他傻子不一樣，所以那隻老鷹在哪裡？那是老鷹對吧？」

「很久以前我讀過一次。」我說。「這本書是舊時代的偵探小說先驅，妳說的老鷹只是一座雕像，是書中各路人馬爭奪的寶物。」

「聽起來很有趣。」

她拉了拉自己的領口，不經意的舉動卻露出鎖骨上的疤，疤痕還沒有完全褪去，肯定是不久前留下的。

我知道她其實沒有多大的興趣，因為每次紫虛找我聊她那些謳歌男性友誼美好的書時，我也是這種反應。

她別過頭，扯開嗓子對店主說：

「好了，你也聽到這位好心的小哥說的了，這本書是以前的什麼小說先驅，絕對對得起這個價格。接下來就等你點頭，晚上我就能把這本書送過來。」

「我沒這麼說。」

搶在店主破口大罵、把我們全部趕出去前，我再次介入兩人的談話。

「他的確是很稀有沒錯，但還不值七十五張彩券，如果是我，頂多出五十張收購。」

「五十張？」

明明價格被我硬生生砍了三分之一，女人非但沒有感到不悅，兩顆眼珠反而睜得更大了。

「五十張夠我逍遙一陣子了。也行，就五十張，你願意買下它嗎？」

「我沒說我要買。」

「但你也沒說你不買。」

我得承認我有點心動。這輩子到現在，我只見過一次《馬爾他之鷹》，而且還是冒著被揍的風險偷翻師傅的藏書。我很清楚那本書有超過五十張彩票的價值，但它同時也是有價無市的典型案例。

就算紫虛能讓我財富自由，也不代表我會任意揮霍她家的財產，去買這些賣不掉的書。對，我不會這麼做。

我不該這麼做。

這樣不對。

「別這樣，小哥。」女人忽然挽起我的手，用甜膩的聲音說道。「你也知道機會錯過就沒了，不是嗎？」

「我只是在猶豫。妳如果想賣掉東西，就要給客人猶豫的時間，這是基本職業道德，也是做生意的小訣竅。」

我的內心陷入交戰，並在腦中計算著如果買下這本書，我得多餓幾天肚子才能彌補。

「沒有要買東西的話就快滾！別站在櫃臺前擋其他客人！」

直到店主人出聲咆哮。

到頭來，我們還是被趕出店門了。

2

「那本書，不買沒關係嗎？」

紫虛說完，將臉湊近鋼杯，吸了一口果汁。

「沒關係，反正缺了好幾頁，我本來就沒打算花錢買那種垃圾。」

她指的不是《馬爾他之鷹》，而是我在雜貨店翻的那本舊書，因為《馬爾他之鷹》的主人現在就坐在我的面前。

距離雜貨店一個街口外的露天咖啡廳，我們三人正在遮陽傘下的位子上悠哉喝飲料。

咖啡廳是沿用還沒因為老舊而垮下來的招牌，實際上這間店只賣果汁。水果來自近郊的果園，由一對慈祥的老夫妻獨自管理，和咖啡一點關係都沒有，也沒有童工被剝削，至少店裡的大姊是這麼跟我說的。

「沒讓我失望，味道真的不錯。」女人說。「你一定不知道我有多久沒喝點像樣的東西了。」

「這能抵掉那本書的訂金嗎？」

「喔，你可別當真，我只是鬧著玩。當然，你要先付錢我也沒意見，但至少我看到你的誠意了。說來我可真幸運，想不到連在那種破店都能遇到像你這樣英俊的小書商。」

女人的名字叫溫德利。她說這名字是幾年前認識的人替她取的，她覺得好聽便沿用到現在，在那之前她還有別的名字。

「做我們這行的，名字一向不是很重要，只要彼此知道是在說誰，叫什麼都無所謂。」

她擺弄著鋼杯裡的吸管，一邊說道。

「所以妳是拾荒者。」

「你早就猜到了，不是嗎？」

我點了點頭。雖然她自稱拾荒者，但穿著打扮和說話的方式都與一般的拾荒者不太一樣，我想她大概隸屬於某個拾荒隊，做些不用賭上性命的後勤工作。

「好吧，所以關於《馬爾他之鷹》，妳有什麼想法？」

「如果是問價錢的話，我可以替你打個折，四十五張彩券。當然這杯飲料的錢也算進去了。」

她說話的同時不忘看向紫虛，眼神依然帶著那種嬌氣，但紫虛一向對我的生意沒什麼興趣，只是低頭專心喝著飲料。

「不過你得答應我的條件。」

「什麼條件？」我問。

「我只能等晚上再把書拿給你，而且得在我指定的地點交易。」

「呃，為什麼？」

「你剛剛也聽到我跟那老頭說的了，書現在不在我手上，我需要一點時間。等今天太陽下山後，我們在西口的公園見面，到時我保證你能拿到你要的。」

「何不選在妳下榻的旅館？有見證人的話也比較好辦事。」

「因為我今天就得退房了。」溫德利說。「我不會在這座城市待太久，等拿到錢就會離開。」

我點點頭表示理解。

對話的節奏幾乎都控制在溫德利手上，這不是好現象。我想我需要一點時間整理思緒，也得讓頭腦冷靜，便拿起鋼杯吸了一口冰涼的果汁。

「其實我還沒想到那麼多。」我說。「我剛剛問妳有什麼看法，是想問妳為什麼會知道這本書有價值。」

「女人的直覺？」她笑了笑。「畢竟我身上沒有其他值錢的東西了，就算我不識字，把希望投注在一本書上也不為過吧？」

「是不為過。」

我也逼迫自己回以笑容。

「別問我為什麼，但我恐怕比妳還清楚拾荒者的想法。他們確實會把書批到城裡去賣，但那是萬不得已的情況下，而且開價從不會超過兩張彩票。我只是不懂七十五這個數字是從哪裡來的。」

「隨口說說，等哪個冤大頭上門唄。」

她稍稍擺動身體，兩顆眼珠靈活地轉著，接著又說了一次：「也是憑女人的直覺。」

「妳有那種東西嗎？」

我向身旁的紫虛問道，本以為她根本沒在聽我們說話，想不到她很快就答了聲：「沒有。」

「那是因為妳還年輕，小妞。」

溫德利又笑了，她搖了搖鋼杯，裡頭傳來冰塊碰撞的聲音。

「等過幾年，這些錢在妳眼裡就有不同意義了，七十五張彩券也好、五十張彩券也好，沒到自己手中都跟廢紙沒兩樣。這麼說來，我自認還滿機靈的，也許有當書商的天賦呢，小哥你怎麼看？」

「妳的圖畫得滿不錯的。」

成為書商前要先撐過好幾年艱苦的學徒期，每天都得強迫自己閱讀大量的書籍、記憶上百個新字詞。除非是像紫虛這種有天然環境的特例，否則能出師的人少之又少。

「那還有什麼想問的嗎？儘管問沒關係，我不會跟你多討一杯果汁喝。」

看見我聳聳肩，她便作勢要起身。

「沒有的話，就傍晚見了？」

「喔，等等。」我叫住她。「只是想確認，等妳把書帶過來後，可以讓我檢查有沒有缺頁或破損……妳知道的，就是那些書本常有的毛病。」

「當然可以，不過我能向你保證，那本書和我過去在廢墟裡撿到的每一本破爛都不同。」

「這是當然，我從沒懷疑過。」我雙手一攤。「只是保險。」

「那你也應該明白，好運從來不會等人。」

離開前，溫德利把她畫的《馬爾他之鷹》封面送給我，說是當作紀念。

「是啊，我明白。壞運也是。」

我呢喃著，不過溫德利已經走遠。很快，她的背影就淹沒在人群中。

鋼杯裡的冰塊融去了大半。

3

這座城市有三間旅館，其中一間就在我們和溫德利光顧的飲料店街上，另外一間則鄰近領主的宅邸，專門用來招待都城的重要賓客和有錢人。至於最後一間則位處城市邊陲區域，是一個中年人把老家的餐廳收掉後改建而成的，標榜最有人情味的服務與最實惠的價格，同時還有最多的蟑螂。

幾個街區外就有更強的競爭者讓這間旅店的生意慘澹，入住這裡的除了書商就只有窮人，還有待在附近廢墟裡的拾荒者和乞丐。我很驚訝溫德利竟然沒有恰好和我們投宿同一間旅店。

旅店主人正在吧臺後擦著他少數幾個珍藏的玻璃杯，餐桌上還留著食物的殘渣，一隻蟑螂正在享用牠的大餐。

我和紫虛踩上旅店的階梯，穿過陰暗的走廊，回到房間。

床上，一個外貌和我差不多年紀的少年正趴在枕頭上看書。

那是我的枕頭。

「嗨，你們回來啦。」他翻了身，向我們招手。「有帶些好吃的嗎？肚子快餓扁了。」

「你真幽默。」

少年的名字是黎，至少製造他的博士是這麼替他命名的。我們受那位博士委託，在旅途中順道將黎帶去他指定的城市，黎要獨自在那裡生活。

對於為什麼要把辛苦製作的機器人送到遙遠的外地，博士似乎有自己的盤算，但我從未過問，也沒有多大的興趣。我只知道每次接下委託，博士都會把工廠裡的典籍寫成抄本送給我。

那些抄本記載著舊時代的科學知識，往往能賣出很高的價格，穩賺不賠的生意沒有不做的道理。

「我也這麼覺得。」黎咧嘴笑道，接著坐起身，分別看了看我們後問道：「要睡了嗎？」

「還沒，現在還早，還有事情要做。」

我拉開書桌前的椅子，拿出書包裡的記帳本，將今天的開銷寫到帳本上，順便確認身上還有多少盤纏。

紫虛來到我身旁，問道：「錢不夠嗎？」

「不會，我一直很小心控制財務。」
「嗯，你只是才剛花了四十五張彩券買一本書。」
「妳說《馬爾他之鷹》？不，我沒打算買，我要放那女人鴿子。」
她看著我眨了眨眼睛。
「聽你們聊得很愉快，我以為你打算買了……」
「我跟誰都能聊得很愉快。」
我一邊說，一邊在腦中計算著三杯果汁的錢，並祈禱它們不會成為這趟旅程的變數。
「只是我沒打算買，就這樣。」
「為什麼？」
「溫德利沒向我們坦白。」
這世界我只認白紙黑字的單據，我不相信男人嘴裡講出來的屁話，當然更不可能聽信所謂女人的直覺。
溫德利說書不在她手上，要我們晚上去跟她碰頭。於是問題來了，書現在在哪裡？如果她把書留在旅館，大可直接帶我們一起回去，但她沒有這麼做，說明書放在一個她碰不到的地方，而她必須在傍晚會面前想辦法把書弄到手。
「所以你認為《馬爾他之鷹》是贓物。」紫虛說。

「或即將成為贓物。」我接著說：「更重要的還有一點。」

「什麼？」

「《馬爾他之鷹》的女主角也叫溫德利。」

關於她的名字，我倒是相信溫德利沒有說謊，畢竟拾荒者不會沒事幫自己取一個跟小說角色一模一樣的名字。我在意的是替她取名字的人，對方肯定看得懂文字，而且明顯不願透漏太多資訊給我們的女主角。

溫德利說她用這名字好幾年了，代表她很早就接觸到《馬爾他之鷹》，直到最近才把腦筋動到這本書上。

聽完我的解釋，紫虛也表示同意。某方面而言，她比我更怕麻煩，除非是和自己家族有關的事，否則這趟旅程除了看書和寫書外，她什麼也不想沾上邊。

這種性格，正好跟我另外一位旅伴完全相反——

「喂，聽你這個意思，那女的好像被捲入了什麼麻煩。」

黎扔下手邊的書，望著我說道。不祥的預感在我心中油然而生。

「而你知道她有危險，卻選擇什麼都不做？」

黎憤慨地站起身，看見他握緊的拳頭我就知道他肯定又發作了。

「拜託，黎，不要每次都來這套。」

「每次？」

「唉，算了……總之，不關我們的事就別去淌渾水，知道嗎？博士有交代我一定得把你送去目的地，拜託你別再給我添亂子了。」

「但父親也叫我要幫助有困難的人。」

「那困難是她自找的。」

他來到我身邊，拍了拍我的肩膀。

「別擔心，我不會勉強你，不過這件事我管定了。我會代替你去找那個叫溫德利的女人，看有什麼我能幫上忙的地方。」

看見那抹宛如冬天太陽一般的笑容，我知道我不可能阻止得了他。

4

當天晚上，旅館的房門突然傳來急促的敲響聲，本來已經盥洗完，準備就寢的我只好披上外套前去應門。

「不好意思，能耽誤你一點時間嗎？」

門口站著兩個男人，一老一少的組合穿著舊時代警察的制服，是這座城市的守衛，而他們也確實負責跟警察差不多的工作。

「請說。」

年輕守衛偏頭看了房間內部一眼，接著問道：「你們是否認識一個金色頭髮、藍眼睛的男人？年紀看起來和你差不多。」

「他還活著嗎？」

「呃。」年輕守衛愣了一下，反問道：「你知道？」

「不，我不知道。只是經驗告訴我，他肯定被捲入了什麼鳥事。」

「對，他死了，死在城西的公園裡。」年邁的守衛開口，聲音明顯比年輕人更為渾厚有力。「屍體的狀況有點古怪，我猜你們會想來看看，等看過後再告訴我們是要自己處理，還是讓我們燒掉都行。」

「城西的公園」就是溫德利口中的「西口公園」。

年輕守衛提著油燈，和老守衛帶我們到西口公園。

西口公園籠罩在一層薄霧下，遠處幾個光點照出人們的影子，無論男女都穿著守衛的制服。

黎躺在地上，雙眼睜得死大，望著黑夜。我走近一看，才發現他其實是趴在地上，只不過頭被人扭了一百八十度。

幾公尺外的距離還有一個拖式行李箱。行李箱敞開著，裡面的東西散落一地，都是日用品和女人的衣服。

「巡邏的守衛說聽到女人的尖叫，趕來時這個倒楣鬼已經趴在地上了。」老守衛熟練地用腰際上的油燈點燃紙捲菸，吐了一口白霧後說：「但願你們能擔保這位朋友的人格不會鬧出什麼麻煩。」

「別擔心，黎是這世界上僅存的濫好人。」我說。

「而且他不會對女人出手。」紫虛也幫腔道。

「那真是怪了。」老守衛敷衍地聳聳肩，「這樣一個好的人，怎麼會在路上被人扭斷脖子？」

我蹲下來，仔細觀察黎的遺體。守衛們並沒有阻止我，也許他們覺得這只是一件影響到下班時間的爛攤子。

除了脖子斷了以外，身體多處都被人打到凹陷，還有不少關節鬆脫，看來黎之前曾被人賞了一頓粗飽，而且這怎麼看都不是一個人幹得出來的。

同時，我也注意到他緊握的左手裡似乎捏著什麼。

我把他的手指扳開，發現是一張紙。

「能借個火嗎？」

老守衛解下腰際上的油燈。火光照耀下，紙上的每一個字句都變得清晰可見。

那是《馬爾他之鷹》的版權頁。

「我靠！」

讓我忍不住爆粗口的原因不是因為這本價值五十張彩券的書版權頁被撕下來了（儘管這也讓人痛心），而是上面印著圖書館的戳記。

「小兄弟你識字嗎？上面寫了什麼？」老守衛問。

「沒什麼。」我清了清喉嚨，試著不讓他察覺我內心的動搖。「只是張該死的購物清單，一點都不重要。」

我從口袋裡掏出十五張彩券，分給在場的所有人，請他們替我把黎埋好。接著又多塞給老守衛五張彩券，告訴他我不認識這個倒在地上的男人。

「我們會搞定這件事。」

老守衛又從胸前的口袋抽出一根紙捲菸遞給我，我告訴他我不抽菸，他便吐掉口中的菸，把新的銜在嘴裡。

我們在年輕守衛的陪同下回到旅館，為此又多花了一點錢，但考慮到接下來可能會發生的事，我一點都不想惹這群人民公僕不快。

「所以黎手裡握著什麼？」

紫盧沒忘記那張紙，而她也知道沒必要在外人面前提到太多，所以一直忍到房門關上才開口問。

「《馬爾他之鷹》的版權頁，溫德利手上真的有那本書。」我說，「但這已經不重要了，我想妳必須看看。」

我把紙放在書桌上攤平，指著上面的印記說道。

「別告訴我妳忘了這是哪裡的印章。」

紫虛瞪著那張紙，瞇起了眼睛。她的反應比我想像的還淡定許多，也許只是因為她還沒習慣表達自己的情緒。

過了一會兒，她才緩緩地開口。

「是我家的。」

這就是現實，任何一本小說都不會寫得比現實還離奇。如果這世界上真的有命運，那他肯定是最好，同時也是最該死的作家。

「可是為什麼……」

「妳父母親有和書商做過生意嗎？我是指，他們有賣掉過圖書館的任何一本書嗎？」

她抬起頭，盯著我的眼睛，語氣堅定地說：「沒有。我媽媽很珍惜這些書。別說是賣掉了，就連讓人翻閱都捨不得。」

「那——」

「也不可能弄丟。以前她每天都會花許多時間整理這些書，如果有哪本書不見，一下子就會發現了。」

紫虛已經猜到我要說什麼了。

接著她反問道：「還是被你拿走的？」

然後輾轉流落到拾荒者手上嗎？不，沒這回事。

我告訴她我沒那麼蠢，我還記得當初我搬了哪些書出來，其中沒有《馬爾他之鷹》。

「而且溫德利好幾年前就知道這本書了，那時候我根本還不認識妳。」

聽我這麼一說，紫虛的臉上流露了一絲遺憾。

我能理解她的心情，畢竟這樣解釋，對她而言會輕鬆許多。

拾荒者襲擊圖書館，父母親為了讓她活下來便把她關在地下書庫，一個人度過漫長的時日——只要沒有這本書，她就暫時不用面對這起曾發生在她家的事故，繼續在旅途中尋找她失散多年的父母。

「也許溫德利不是當初襲擊圖書館的那群拾荒者。」

我沒打算說些安慰人的風涼話，只是單純把我的想法說出來。我不想承認我也在逃避，因為這就是現實。

「嗯，也許。」

她低下頭，聲音有些顫抖。

「但如果找到溫德利的話，就能問出她是從哪裡弄來這本書的。」

「我知道。」

說完，她再次陷入沉默。

我沒有父母，而雙親的事是她心裡的疙瘩，我們幾乎沒有聊過有關家人的話題。

但隨著與她相處的日子漸長，我也明白那是她永遠都掛著撲克臉的原因，既不會笑也不會哭，她催眠自己，好讓人看不出她內心的脆弱。

我瞪著那張發黃的紙，思考自己還能說什麼，但每一句話來到嘴邊，旋即又像泡沫一般消失。

過了一陣子，我才聽見她小聲低語道。

「我還是想找到爸爸媽媽。」

「這是當初說好的。」

她將書庫裡的書全部送給我，而我要在旅途中替她找到失蹤的父母。

深夜的現在，窗外是一片墨色的天空，連一顆星點也看不見。

紙張上紅墨烙下的印記，就像那天我在書庫前看到的血漬。連同其他文字，正逐漸褪去色彩。

是啊，這是當初說好的。

旅途的終點。

〈蒼蠅王〉（原著：威廉・高汀）

1

這是許多年前的事。

每次回想，腦海中總會浮現那幾張熟悉的臉孔，但也僅限如此。倘若繼續深思，所有記憶最終都會牽繫到那個人身上。

我認為，在遇見那個人以前，我不曾真正地活過；在遇見那個人以後，我常希望自己未曾活過。

他像結痂的傷口，剝下了血塊，依然有條難看的疤鑲在肌膚裡。即使痛楚的感覺早已遺忘，糟糕的餘味卻永遠留在心中。

我的師傅，就是這麼一個令人生厭的男人。

窮盡一輩子的時間，我都不可能原諒他。

2

人們說，像我這樣的小孩，一律被稱做「潤餅小童」。

潤餅小童的工作很簡單，就是在拾荒者隊伍抵達之前，先替他們探路。

乍聽之下並不是很難的差事，畢竟只要有一雙完整的腿，任何一個小孩都能勝任。然而，每個潤餅小童卻都做不長久，理由是都城外的土地十分危險。

不但強盜和野獸橫行，還有許多無法預料的威脅，像是會說話的樹。謠傳那些樹會模仿人類的語言，吸引獵物靠近後再一口把人吞掉。

或是散發著奇異色彩的土地。不小心走進去並不會有事，但只要待在裡面的時間一長，身體很可能就會產生變異，成了人們眼中的怪物。

諸如此類的事在旅行商人間口耳相傳，輾轉流入都城的市井巷弄間，最後成了孩子們的睡前床邊故事。食人樹就像森林裡的小白兔般可愛，肢體變異的可憐人則和有一對驢耳朵的國王沒什麼兩樣。

不過對我們而言，要是想活命，就最好別把它們當玩笑。

桌腳是這麼告訴我的。

他是比我早加入這群拾荒者的潤餅小童。

在那之前，我們都只是在巷子裡翻垃圾桶的小孩，帶著商鋪主人送給我們的傷疤，過著有一餐沒一餐的生活。加入拾荒者隊伍後，有了能睡覺的地方就不用再跟大人們搖尾乞食了，還有能相互挖苦的夥伴，日子似乎漸漸有了起色。

再危險都無所謂，要死，也得先填飽肚子再赴死。

桌腳說，過去我們只是為了生存而生活，現在則是為了生活而生存。

每次他這麼說時，都會指著別在自己外套胸前的徽章。那徽章是拾荒隊裡的一個老人送他的，偶爾拾荒隊的人撿到賣不了錢的垃圾就會扔給我們，大人眼中的垃圾往往會成為我們的寶物。

徽章上面寫有我看不懂的文字，桌腳也看不懂，他告訴我那些字是他的名字。

「你很喜歡自己的名字呢。」

那時我們剛越過鐵絲網，漫步在一片無垠的草原上。

「這是我加入之後拿到的第一份禮物。」桌腳拍了拍胸口的徽章說：「你知道這名字有什麼意義嗎？」

我聳聳肩。

「代表我會為每個想傷害我的人帶來痛苦！」

「那為什麼是桌腳？」

「不知道。」桌腳說：「也許以前人喜歡用桌腳當武器。」

「聽起來好厲害啊。」

「嘿，那是當然！」

桌腳聽了，神氣地抹抹鼻子。

我想，他大概是我留在拾荒隊的其中一個理由。

儘管桌腳曾提醒我不能和他成為朋友，因為我上一任的潤餅小童只做了三天，他擔心我跟那傢伙一樣倒楣，所以不想浪費時間經營和我的人際關係。

人際關係是很困難的詞彙，我並不能百分百理解，只是我很確定，如果他想跟我保持距離就該離我遠一點，而不是像這樣若無其事地與我並肩聊天。

現在說這些太遲了，我想我和桌腳已經是朋友了。

「那你呢，有沒有名字？」

我告訴他我沒有名字。

我沒見過自己的父母，也沒有認識願意幫我取名的人。

「你可以去找箱仔要，記得別在他喝茫時去，我可不希望我的工作夥伴變成一坨屎。」

箱仔是拾荒隊伍裡負責教育新進潤餅小童的人，他會告訴我們如何判斷一個地區是否危險，也會教我們該如何在死前用自己的血留下訊息，好通知拾荒隊這裡有危險。他的年紀介於我們和其他大人之間，是個值得信賴的大哥。

「箱仔哥會不會拒絕啊？」

「誰知道呢。」桌腳不在乎地把雙手放到後腦勺。「也許他跟我一樣，懶得記新人的名字。」

「那你為什麼要問我的名字？」

「問你又不代表我要記著。說不定過幾天，我還會問你同樣的問題。」

「……好吧，我沒有名字。」

「知道了啦。」

其實同樣的問題桌腳三天前才問過，再上一次則是十四天前。

我的記憶力很好，每天發生什麼事情都不會忘記，所以我也知道，我們總是一再重複同樣的對話。

我曾嘲笑桌腳，嘲笑他那和蝸牛一樣的腦子根本什麼也記不得，但桌腳說這就是生活。

生活就是日復一日地重複著稀鬆平常的事。

不是在垃圾桶裡翻食物，也不是被商鋪主人追打，只是普通地和類似朋友的人聊著朋友之間才會聊的話題。

微風吹過草原，青草就像激起漣漪的湖面，輕輕刮著我的小腿。

「嘿，等你長大後賺夠了錢，要改去做拾荒者嗎？」我向他問道。

「我才不要做拾荒者。」

桌腳說。

「我要回去以前住的城市，找那個揍過我的米店老闆。」

「然後呢？揍回去？」

「然後在他店門口開一間麵包店。」

「喔……但我記得麵包很貴耶。你打算做什麼樣的麵包？」

「剛烤好，新鮮出爐的麵包。」

不是每個麵包都得先烤過才能算是麵包嗎？我曾看過麵包店的老闆工作，沒有送進烤爐裡的麵包不叫麵包，而是麵團。

我如此告訴桌腳，卻挨了他一拳。

「少自以為是了，這種事情我當然知道。」

桌腳認為，這些問題等他的麵包坊開張後，自然會解決。

「那希望你以後能做個潤餅麵包，就當作是紀念我。」我揉著被桌腳搥的手臂，一邊說道。其實一點也不會痛。

「紀念你？你又還沒死。」

「箱仔哥說潤餅小童活不了那麼久，到時候我八成已經死了。」

「好哇。」桌腳說：「死了的話，我就替你弄個潤餅麵包。」

「太好了！」

我開心地叫出聲，吸進了滿嘴的青草味。

即使走了很長一段路，視野所及依然是無邊無際的草原。

若不是有人與自己拌嘴，布滿天空的烏雲實在令人鬱悶。除了一身髒衣服，我們什麼裝備也沒有，如果下雨，也只能冒著風雨繼續向前走。

雙腿不停邁開步伐的我們明明是在尋找道路的盡頭，此時卻像在等待著什麼，就連放在口袋裡的布囊也像吸飽了水氣般沉重。那是潤餅小童唯一被允許擁有的財產，當裡面堆了夠多的瓶蓋，桌腳就能擁有自己的麵包店。

「不過，你這小子真的知道什麼是潤餅嗎？」桌腳問。

「聽說是以前人發明的食物。」

這是箱仔哥告訴我的。

以前人曾發明許多東西，除了食物，還有交通工具、日用品等等。如今這些東西的製造方法多半都失傳了，但偶爾還是能在荒郊野外看見功能正常的舊時代發明。

其中一個例子，就是我們潤餅小童的大敵——那些被埋在地底的金屬塊。

聽說，只要人一踩上去就會爆炸。

利用這種東西，以前的人可以很輕鬆地殺死敵對士兵或是炸毀敵軍車輛。也因為一埋進地底就很容易忘記，又不容易清除，所以至今仍有不少地方藏有這些圓餅狀的東西。

最初的潤餅小童，就是為了替拾荒者或商隊去除這些圓餅而存在的。久而久之，才被用來統稱那些替人探路的小孩。

要說為什麼是潤餅，我也不曉得。也許是因為長得很像餅，所以才叫我們潤餅小童。

「其實潤餅不是餅。」

聽完我的話，桌腳冷冷地說道。

「啥？」

「我曾看過有人在賣潤餅，他只是把肉、蔬菜還有其他可以吃的東西放在麵皮上捲起來而已。那東西長得不像餅，根本和餅一點關係也沒有。」

「既然這樣，為什麼要叫我們潤餅小童？」

「這個嘛……我記得是因為死掉小孩的屍塊會被扔在塑膠布上包好、捆起來，那東西長得就真的很像潤餅了。」

沒想到是這樣，我一直以為潤餅是更特別的東西，現在聽了反而有些失望。

我思考著該如何回應，最後還是只能告訴桌腳也許他看到的不是潤餅。

「也許吧。」他附和。「可能製作潤餅的方法早就失傳了。」

「但要是你說得沒錯，到時候你就可以把我做成潤餅。」

「我才不要。那好噁心。」

桌腳皺了皺眉，隨後好像發現了什麼似的忽然加快腳步，很快就與我拉開距離。

「嘿，你看到了嗎？」

他轉過身，朝我喊道：

「前面有路！我們可以回去跟拾荒隊報告了！」

他的身影在草原中隨著風搖擺，接著，爆炸的煙幕將桌腳和他腳下的土地炸成碎片。

我看見桌腳的半個身體連同土塊一起飛上空中，放在他口袋裡的瓶蓋就像銀色的雨滴般灑落。

那是桌腳存的錢，如今上面滿是他的血。

我想起箱仔哥曾在我剛加入隊伍時問我，為什麼潤餅小童必須兩人一組行動？

因為他們需要有人活著，回去報告前方的道路有危險嗎？

這當然也是個原因，不過最主要是這樣一來，死去孩子身上的瓶蓋就不會浪費。

即使那些錢還不夠買下一間麵包店，何況桌腳連怎麼烤麵包都不知道。

拾荒隊不許我們帶上任何東西是有原因的，他們擔心我們碰上一旦倒楣事，會沒辦法活著把裝備還給他們。

桌腳的身體落到我面前，他的半邊臉被炸得連皮都燒焦了，剩下的那隻眼睛張得像死魚一樣大，正盯著我背後的天空看。

天空依然是那片讓人感到沮喪的陰鬱色彩。

我伸手抹去臉上的雨水——那不是雨，是血。

我將桌腳胸前的徽章扯下，開始循著回去的路奔跑，明知道拾荒隊離自己還很遙遠，我還是放聲大喊。

「塑膠布！」

腳下的土地可能也埋著其他潤餅，但我管不了那麼多，現在的我只想快點回去拾荒隊，替桌腳弄到他所說的塑膠布。

我要把桌腳做成潤餅。沒有為什麼，只是覺得我一定得這麼做才行。

「誰快給我一塊塑膠布啊！」

隨著我每次喊叫，胸口深處的痛處就越發強烈，我沒辦法抑制這樣的痛，而當我聲嘶力竭地喊著時，也將淚水從眼眶擠了出來。

我明明不想哭的，因為桌腳說過，他不會浪費眼淚在我身上。我很生氣，所以我也發誓絕對不會這麼做，我不要為了他流淚。

沒錯，其實我一點都不覺得難過。比起悲傷，更多的是震驚，只要一想到落在我面前，桌腳那沾滿泥巴的屍塊，就會感到胃液在翻騰。

我以為我準備好了，大人說潤餅小童就是條爛命，隨時可以去死，可是我不想像桌腳一樣被炸成一塊一塊，那太可怕了。

我鑽過鐵絲網，沿途沒有任何潤餅爆炸，鐵絲網刺破我的手。我沿著小路拚命奔跑，傷口流出溫熱的血液和汗水混在一起，令人又痛又癢。眼淚撲簌簌地不停流下來，嚐起來只有一股死鹹。

我扯高嗓門，繼續高喊著，想要替桌腳弄到一塊塑膠布，但喊著喊著，連我也聽不懂自己的叫喊聲了。我的血灑到乾裂的地面，傷口已經開始腫脹。

看見了，拾荒隊的牛車就停在道路盡頭。

「喂！」

我想告訴他們桌腳死了，卻看見一個男人站在牛車上瞪著我。

當我發現那張臉不是我所熟悉的面孔時，已經太遲了。

我被那個人推了一把，再加上一路跑來已經沒有力氣，我就這樣失去平衡跌倒在地。

泥土的濕涼觸感浸過我的半邊臉頰，我看見另一個男人就倒在一旁的草叢，他的鼻孔和嘴巴流出血液，兩顆眼睛一片鮮紅地瞪著我。我認出他是箱仔哥，但他的身體沒有任何起伏，已經不會動了。

「女孩子？」

推倒我的男人抓了抓自己臉上的鬍鬚，在我面前蹲下，隨後側過頭向其他人招呼。幾個人圍了上來，有男有女，每個人的衣服上都有斑斑血跡。

看到拾荒隊成員的屍體，我逐漸明白發生了什麼事。

眾人圍著一圈，像是在討論該如何處置我。

我聽不清楚他們談話的內容，我的腦子裡還在想著要如何替桌腳弄到塑膠布。

不久，他們像是有了定論。一群人讓出道來，一個面容慈祥的老婆婆朝我走來，她托著我的下巴，稱讚我是可愛的女娃。

我因為恐懼而發抖，在那一刻我忽然明白，自己其實是不想死的。

隨著老太婆放手，我知道自己很快就會被殺掉，正想求饒時，身旁一個男人手持鐵鎚，朝我頭上揮來。衝擊讓我的視野陷入黑暗，我聽見自己倒下的聲音。

我好想看到米店主人發現門口的麵包坊後，氣得跳腳的樣子。

3

不知是惡臭味還是因為發癢，我醒了過來。

那裡是陌生的房間，連一扇窗戶也沒有，三面牆壁形成一個匚形的空間，唯一的出口是一扇鐵門，鐵門鑲在鐵欄構成的牆面上，外頭是陰暗的走廊。

我坐起身，知道自己還沒死，但被鐵鎚敲擊的地方仍隱隱作痛。

「你醒了啊。」

循著聲音，我回過頭，看見一個女孩正蹲在我身邊看著我。

她穿著一件細肩帶的白色連身裙，身體已經開始發育，年紀應該比我還大一點。戴著一個髮箍，在廊上的燭光照映下，頭髮呈現漂亮的淡金色。

「有沒有哪裡不舒服？你睡了好久，真讓人擔心……」

看見我沒反應，她拿起牆邊的水壺，將注滿水的水杯遞給我。

「來，喝點水會好一點，那些人每次下手都不知道輕重。」

水裡有股金屬的澀味，當它滑過喉嚨時，一股燒灼感自口腔深處燃起，我一連咳了好幾下，原本喝進肚裡的水有大半又被我吐了出來。

「慢慢喝，不要急，這邊還有很多水，不會喝完的。」

女孩輕拍著我的背。她的聲音很溫柔，一字一句都讓人有種輕飄飄的感覺。

「我的名字是鼠麴。」

等到我的咳嗽停下來後，女孩向我自我介紹。

「聽起來好像老鼠的名字。」

「才不是呢，真沒禮貌。」

女孩生氣地鼓起臉頰來，那樣子很可愛，也很有趣。

「這是一種花，黃色的花。現在已經很少見了，不過以前可是一整年都看得到它喔。」

「鼠麴。」

「嗯！鼠麴。」

我在心中默念三次，每次學會新的詞彙，我就會這麼做，這樣很快就能記住。

環顧整個房間，除了我和鼠麴外，還有其他孩子，他們靠在牆角邊，有的睡著了，有的則是把頭埋在雙腿間不發一語，即便聽見我和鼠麴的對話也沒有任何反應。

同時，我也發現除了自己以外，每個孩子都穿著像鼠麴一樣的連身裙，大大小小的汙點在白色布料上特別明顯。

「這裡是哪裡？」我問道。

「這裡是某棟房子的地下室。」鼠麴說。

「地下室？」

「是啊，是棟很大的房子，所有孩子都在地下室生活。」

地上鋪著毯子，角落有水壺等生活用品，而離鐵欄最遠的那面牆下面則是一條水溝，我能聽見涓涓的流水聲，只是惡臭讓我暫時不想接近那裡。

一群孩子要擠在這種跟監牢沒兩樣的空間裡生活嗎？

「吃飯、睡覺還有上廁所都在這裡嗎？」
「對啊。」鼠麴笑了笑，將我遞給她的水杯放回牆邊。
總覺得狀況很不對勁。僅僅被關在地下室並不是什麼大不了的事，可是我搞不清楚這麼做的人的目的。
「有人嗎？」
我握住鐵欄朝走廊大喊，卻感到掌心一陣刺痛。
是我被鐵絲網刺破的傷口，傷口已經凝固，形成黃橙色的結晶。
「放我出去！」
但不論我怎麼喊，幽暗的走廊依然靜悄悄的，除了自己的回音之外，我什麼也沒聽見。
「喂，鼠麴，叫新來的安靜一點，這白痴吵到大家都不用睡了。」
是男孩子的聲音，來自走廊對側的房間，那裡也被改造得跟牢籠一樣。
一個身材魁武的男生站在鐵欄後，正用凶狠的眼神瞪著我，我注意到他的臉上滿是傷疤。
「好好講就可以了，不需要這麼凶吧。」
鼠麴站到我面前護住我。我告訴她我們之間隔著兩層鐵欄和一條走廊，不管那傢伙如何張牙舞爪都不可能碰得到我，結果這番話被那個男生聽見後，更激怒了他。
「哼，現在算你走運，你最好祈禱哪天不會被扔到我們這邊來！」

在成串不堪入耳的謾罵後，男孩拋下這句話，轉身走回陰影中。

「你不要理十四，他的脾氣一直都很差。」

鼠麴拉著我的手，讓我坐在她的身邊。我們的屁股底下壓著一條毛毯，那是她的床鋪，而我的床似乎正好就在她旁邊。

「十四是那個男生的名字嗎？」

「嗯。」

鼠麴點點頭，看著對面的牢檻陷入沉默。

我盯著她的側臉，長長的睫毛、高挺的鼻子、雪白的膚色，一種奇異的熟悉感從心底而生，彷彿我在很久以前曾見過她，只是因為某些緣故，不得不忘記這份記憶。

我繼續向她問道：「他說的那邊是哪邊呢？」

「就是以走廊為分界線，我們這邊稱作這邊，他們那邊稱作那邊。」

鼠麴想了一下，大概是發現有解釋跟沒解釋一樣，又補充道：「我想，是工作性質不同吧。」

「工作？」

我向她詢問工作的詳細內容，可是鼠麴反倒向我解釋起名字的由來。

「待在這邊的孩子都會用花當名字，那裡的小孩則是用數字命名。」

接著，她向我介紹那些縮在角落的孩童，他們分別是風信子、菖蒲和扶桑。

儘管沒有見過，但肯定也是某種花卉的名稱吧。我默默將這些名字記在心裡。

「所以說，鼠麴也不是妳原本的名字嘍？」

鼠麴搖搖頭，而當我進一步詢問她的真名時，她只笑著告訴我她早就忘記了。

「只有開始工作的孩子才需要新名字，所以在這之前你可以用原本的名字沒關係。」

「我的名字……」

我把手伸進口袋，那群人沒有搜我的身體，桌腳的徽章還在我口袋裡。

「桌腳。」

「桌腳？」鼠麴看著我手上的徽章眨了眨眼睛。「桌腳是你的名字嗎？」

「不，不是。」我說：「桌腳是我朋友的名字，他已經死了。」

「這樣啊……」

「這是他的遺物，我從他的屍體上拔下來的。」

我把徽章遞給鼠麴。

「……地球，人人有……什麼？」

「什麼地球？」

「上面寫的，不過有三個字看不懂。」

「妳看得懂文字嗎？」

「……以前學過一點點。」

起初我有點懷疑，直到鼠麴指著徽章上的字，一字一字清楚地唸給我聽，我才確信鼠麴真的看得懂字，而我一直以為只寫著兩個字的徽章，其實是八個字。

我真的對文字一竅不通。

「所以上面寫的不是『桌腳』嗎？」

「不是喔，和桌腳完全沒有關係。」

我聽見自己吞口水的咕嚕聲。

我早該猜到的，桌腳說是拾荒隊的老頭送給他這個禮物，但想也知道會出來做拾荒的人根本不可能看得懂文字。

「怎麼了嗎？」

本來我打算告訴鼠麴自己的名字就是桌腳，索性當作那時被潤餅炸死的人不是桌腳，而是我算了。可是在知道徽章上文字的真正意思後，我忽然覺得心裡很沮喪。

「我沒有名字。」我說：「再說，名字這種東西一點意義也沒有。」

鼠麴露出費解的表情，歪著頭看向我。

接著，她像是擅自明白了什麼似的，將我摟進懷裡。

「這不是你的錯。」她說：「但是沒有名字也滿不方便的，不是嗎？」

我沒有回答，於是她繼續說道。

「我想叫你海螺，以後不管你被取了什麼樣的名字，我都會這麼稱呼你，可以嗎？」

「海螺？那是什麼東西？」

鼠麴搖搖頭。「我也沒有看過牠們真正的樣子，不過偶爾在海邊撿得到牠們的殼，很漂亮喔，」

「我不需要漂亮的名字。」

「不喜歡嗎？」

「沒有不喜歡。」

「那是生氣了？」

「我不會因為這點小事生氣。」

「那就好。」

鼠麴掩嘴笑出聲，我急忙把頭別到一旁。她大概是認為我在生氣，其實我只是不想讓她看見我的臉，否則肯定又會被嘲笑。

所謂的名字，在只有兩個人的情況下根本用不到。

我想起自己不久前才跟桌腳一起工作，雖然桌腳已經變成一塊一塊的了，但我還記得跟他在一起的時候，我也幾乎沒有叫過他的名字。

早知道他會比我先死，我應該多叫他幾次的。

我抱著腿靠在牆邊，鼠麴仍然沒有離開我的身邊，但也沒有再開口。這間地下室沒有窗戶，看不到外面的景色，所以也不知道現在究竟是白天還晚上。從我被抓來這裡後，恐怕已經過了很久，瀰漫在地下室裡的臭味相當刺鼻，牢裡的環境也與乾淨完全沾不上邊，但一想到身邊還有像鼠麴這樣溫柔的人陪伴，又覺得自己的遭遇好像不算太糟。

一定是那時我在心裡祈禱自己不要死，所以那群人才會選擇饒我一命。

我閉上眼，腦海中浮現的還是桌腳最後的身影。

在我睡著的期間，有人送了食物來，是一些泡在清湯裡，像米粒的東西，看起來有點像稀飯，不過卻散發著牛奶發酵後的奇特味道。

雖然比不上我在拾荒隊的伙食，卻也比獨自討生活時吃的東西要好。

水壺裡的水也重新添滿了。我把湯喝完，像其他人一樣將碗放回門口的托盤上。我想，過不久那個把我關進牢裡的人肯定會來收走餐具，屆時我就能詢問他把我關在這裡的目的，還有鼠麴避而不談的工作內容。

果不其然，兩個男人一前一後地出現在廊道深處。走在前頭的男人身材精瘦，個頭卻相當高大，十四和他相比確實只能算是小孩，跟在他身後的則是一個鼠眼面相的猥瑣男人。

鼠眼男人推著拖板車來到我們的牢房前，板車上已經堆了不少托盤，上面還有其他餐具。看來除了我們和十四，地下室裡還有其他牢房存在。

他取下腰際上的鑰匙，插進金屬門上的孔洞。隨著小門打開，高個子的男人朝裡頭喊道：「菖蒲！」

其中一個男孩抬起頭。鼠麴介紹時我沒有弄清楚，現在才知道他就是菖蒲。

只見菖蒲站起身，拍了拍屁股上的灰塵，一言不發地跨過門檻。高個子男人手提著油燈，燈光打在他臉上，介於男孩與少年之間的秀麗面容卻如一片死灰，不見任何情緒。

高個男人把菖蒲帶走後，只留下鼠眼男人。

他探頭進來，喊聲「臭死了」之後又端起地上的托盤，轉身把那些碗扔進車上的水桶裡。

此時鐵門依舊敞開，而他正背對著我們。那毫無防備的樣子，甚至只要輕輕推他一把，鼠眼男人就會跌進那個塞滿餐具的油膩水桶裡。

我環顧房間裡的其他人，然而，不管是鼠麴或其他孩子，他們都只是靜靜目送著菖蒲的背影離開，彷彿那扇鐵門依舊關著一般，沒有人想試著溜出去。

鼠眼男人整理完餐具，再次轉過身，鎖上鐵門。關門前，他咧開嘴巴，看了我一眼，眼裡充滿挑釁。

當下，我明白鼠眼男人知道我是新來的，而他故意不關上鐵門、背對著我，正是想測試我會不會嘗試逃跑。

男人離開後，我向鼠麴詢問有沒有孩子成功離開過這座地下室。

「如果只是離開地下室的話，等你接到工作就可以了……」鼠麴說。

「我不是說工作，我是指永遠離開這裡。」

莫名其妙被關在地下室的監牢裡，又莫名其妙要替一群連長相都不知道的人工作，一想到鼠眼男人那討人厭的笑容就讓我更加憤怒。

「總會有辦法吧？難道過去都沒有其他小孩成功離開嗎？」

鼠麴低下頭，食指扣上唇邊，不發一語。

反而是角落的風信子忽然站起身來，抓住我的衣領喊道：「新來的，你明明什麼都還沒幹，倒是有很多不滿嘛！從剛才開始就吵吵鬧鬧的，煩不煩啊。」

「那妳告訴我啊，告訴我要怎樣才能出去！」

被人蹭著鼻頭罵也讓我不甘示弱地回擊。

「還是你們都打算一輩子被關在這間地下室裡？」

「這……」

抓住我的力道變小，我立刻甩開風信子的手。

「你們已經被關在這裡多久了？」

「……誰知道啊。」

「那至少告訴我你們被關到這裡的原因吧。」

「沒為什麼。」

風信子說，她只是在城市裡的巷子裡找吃的，忽然感到頭頂傳來一陣劇痛，醒來後就發現自己在地下室了。

她的口氣很淡然，比起自己，那副不在乎的模樣更像在談論朋友的生活瑣事。

「聽起來妳的遭遇跟我很像。」

接著，我又問了躲在角落的扶桑，但無論如何，扶桑都不肯開口，我甚至懷疑她是不是啞巴。直到風信子告訴我，剛才被帶走的菖蒲其實是她的雙胞胎兄弟。

「他們兄妹和我不一樣，他們是和父母親逛街時突然被陌生人帶走的。在那之前，日子過得可是比現在好得多。」

我知道風信子沒有惡意，但還是覺得她的話有些刺耳。

不過，這至少證明這裡所有孩子都是被人綁架的。

「那鼠麴呢？」

「我……嗎？」

鼠麴再次低下頭，移開了視線，放在大腿上的兩手握緊了拳頭，那模樣與第一次和我說話時的她不同。我逐漸明白，只要我問到她不想回答的問題，她就會像這樣故意避開我的目光。

「鼠麴姊，如果妳不想說就算了，沒必要把什麼事情都跟這王八說。」

「我？王八？」

「不是你，不然是誰？反正你也還沒有名字，不如就先叫你王八算了。」

就算風信子的相貌端正，也掩蓋不了那張臭嘴。她和十四一樣，不知過去都經歷了什麼，才會這麼習慣把髒話掛在嘴上。

「不要緊的。」鼠麴搖搖頭。「我也想讓海螺知道，關於我的事。」

「妳竟然真的叫這傢伙海螺啊……」

風信子一臉難以置信地看著我和鼠麴，接著又扶著額頭坐回牆邊，放棄再與我們爭辯。

「其實，我是被買來的——」

我聽見鼠麴這麼告訴我。

這時，走廊又傳來腳步聲，油燈的火光隨著腳步聲越來越清晰，從黑暗中出現。

是剛才那個壯漢。

這次他身後沒有鼠眼男人，只有菖蒲纖瘦的身影。

鼠麴在不知不覺間閉上了嘴巴。

足音剛落，緊接著又是金屬碰撞聲，鐵門再次被打開，男人推了菖蒲一把，菖蒲就踉蹌地往前踏了幾步，被門檻絆倒，就這樣癱倒在地上。

「菖蒲……？」

我們圍在菖蒲身邊，鼠麴試著搖醒他卻沒有反應。原本都悶不吭聲的扶桑忽然哭了起來，我告訴她菖蒲仍然有呼吸，要她不用擔心，卻依然止不住哭聲。

奇怪的是，來到菖蒲身邊時，空氣中屎尿的惡臭忽然不見了，反而聞到一股花草的香味。

我檢查菖蒲的身體，發現他的身體比剛才離開牢房前變得乾淨許多，就好像剛洗過澡一樣，再加上香氛瀰漫的味道，我更加確信自己的猜想並沒有錯。

只不過菖蒲依然昏迷不醒，偏偏他又倒在我和鼠麴的床舖上，這樣下去不是辦法，我只好和風信子一起把菖蒲抱到他的床上。

風信子將手伸進他的腋下，我扛起他的雙腿，正打算施力時，忽然手一滑，害菖蒲再次摔到地上。

「你幹嘛啦？」

「我摸到奇怪的東西。」

指尖傳來奇怪的觸感，我走到鐵欄前，藉著燭光才看清沾黏在我手上的東西。

那是米黃色的黏稠液體，散發著與香料完全扯不上邊，濃厚、令人作嘔的腥味。

我回到菖蒲身邊，稍稍掀起了他的白色連身裙。同樣是男生，我沒有顧忌，也或許是我根本沒考慮那麼多。

然後我終於明白鼠麴口中的「工作」到底是什麼。

4

或許是懦弱的性格或是悲觀的心態使然，連嘗試都還沒有嘗試，我便知道自己不會有逃出去的機會。

倘若逃得了，那鼠麴和十四他們又為什麼不逃走呢？

有了這層認識，在地下室的生活就變得很單純。

如果累了，就在地毯上睡。

如果渴了，就從牆邊的水壺裡倒水。

如果餓了，就看看鐵門前有沒有食物，倘若沒有，稍等一下便會有人送來。

這裡沒有日月、不見星辰，對時間流逝的感受會偕同揮之不去的腥臭味，逐漸變得遲鈍。

「以前我待在拾荒隊時，要是當天沒找到食物，大夥都得餓肚子。」

「拾荒隊也是很辛苦呢……」

鼠麴半瞇著眼睛點點頭。

「還好你現在不用擔心了。在這裡不怕沒有東西吃，而且，還會有人定期來檢查我們有沒有生病。」

我常和鼠麴聊天，打從我第一天來到這裡，她就對我特別好。有時我會對這種無來由的善意感到恐懼，可是每當我告訴她拾荒隊的事，尤其是桌腳的事時，她總會露出相當悲傷的表情。

「看見朋友在自己面前死去，你一定很痛苦吧。」

當她這麼說時，我知道她不僅僅是為了桌腳難過，同時也是替我傷心。

不過我告訴鼠麴，我和桌腳不算是朋友，我不該替他流淚，因為他肯定也不會這麼做。

潤餅小童在所有孩子中也是特別堅強的一群，我們不會浪費時間思考該如何悲傷，所以我不會告訴鼠麴我曾經哭過。

除了鼠麴以外，風信子偶爾也會加入我們的話題。

她和我有類似的生活背景，比起鼠麴，我常常對她的話更有共鳴。

「像我們這些沒有家的小孩，看見同伴被抓走或是死掉是家常便飯，沒什麼好難過的。」

風信子說完，偷偷瞄了我一眼，像是要尋求我的認同。

「對啊……就是這樣沒錯。」

我知道如果我說實話，肯定又會被她嘲笑。她的嘴巴很壞，也喜歡把那些粗俗的字眼掛在嘴上，我常常覺得鼠麴的缺點肯定都跑到風信子身上了。

最後則是菖蒲和扶桑兩兄妹，到現在我還沒有跟他們說過一句話。

因為他們總是兩個人縮在角落，即使和他們搭話，扶桑也會躲在哥哥身後，菖蒲的聲音則是小到幾乎聽不見。

兄妹倆的存在感幾乎就如空氣一般稀薄，就算如此，偶爾我和鼠麴聊天時，還是會感受到來自他們的視線。

有時候伙食裡會有麵包，大多都長了黴菌，不能再吃了，不過對我們而言，這已經是最頂級的食物。

我常常將自己的那份撕一半給兄妹倆，倒不是想討好誰，只是想說既然生活在同一個空間，那彼此不相往來也怪彆扭的。

「拿去吧，反正我也吃不完。」

「……謝謝。」

菖蒲總是會恭敬地用雙手接過麵包，接著把麵包撕成一大一小兩塊，把大的遞給扶桑，自己留下小的那塊。

我吃什麼都無所謂，但風信子說過他們是出生在有錢人家的孩子，想必比我更能嚐出麵包的美味吧。每次看到他們吃麵包的樣子，我就會這麼想。

除去這些瑣事，高個子男人每隔一陣子就會到我們的牢房前。他會打開鐵門，喊出其中一人的名字，被喊到名字的人就得跟著他走。

有時是鼠麴，有時是風信子，偶爾菖蒲和扶桑兄妹會一起離開。

我剛來時，發生在菖蒲身上的事仍記憶猶新，不過，那似乎不是常態。

儘管每個人回來時都略顯疲態，就連活潑的風信子也會顯露難受的表情，但至少身體都沒有大礙。

鼠麴曾偷偷告訴我，那天菖蒲服務的客人已經不會再來了。

我感覺得出來她是為了讓我安心才故意告訴我這件事，否則我很少聽她和風信子提起工作的事。這是一個大家都知道的祕密，只是因為沒有人願意說出口才讓它成了祕密。

也因為如此，與他們相處起來總像是隔著一道看不見的牆，我心裡明白還沒有接到任何一份工作的我是不可能真正融入他們的，所以當高個子男人要還沒有名字的我走出牢房時，我其實是有點雀躍的，心想這麼一來，自己肯定就能被大夥兒接納了。

我被這份喜悅沖昏了腦袋，一時忘記菖蒲那次的遭遇，以及鼠麴她們每次回來時無法以言語描述的愁容。

被關在地下室裡的時間，對我而言宛如度過了大半輩子之久。無論是陰濕的氣味或燭光照不到的角落，都在麻痺我的思緒。我能猜到鼠麴他們受到了怎樣的對待，卻無法想像。對當時的我而言，那是複雜難解到寧可不去理解的行為。但我還認得陽光，還記得它暖烘烘的味道，這也是讓我願意走出牢房的其中一個理由。

「那麼，我要走了。」

離開前，我向鼠麴道別。她將我緊擁在懷裡，就算她的年紀比我大，但畢竟是女孩子，讓我感到很不好意思。

她輕聲說道：「一定要小心。」

我告訴她我會的。因為我是潤餅小童，潤餅小童連死都不怕，沒有事情足以讓我們畏懼。

男人催促我們快點，他說不能讓客人等太久。我跨過金屬門檻，忍不住朝四周多看了幾眼，果然和我想的一樣，地下室裡有好幾間牢房，每間牢房都關著和我們年紀差不多大的小孩子。

我跟在男人身後，走過昏暗的長廊。牆上的燭台每隔幾公尺才會出現，除此之外就只能仰賴他手上的油燈照明。

沿途他什麼也沒說，牢裡偶爾會冒出幾雙眼睛窺伺我們，一旦被察覺又會馬上遁入黑暗中。除了男人和我的腳步聲之外，什麼也沒聽見。

「待會兒會有人帶你去洗澡、換衣服，你就照著她的話做，明白嗎？」

我點頭。男人將牢房的鑰匙掛回牆上，接著才打開門。明明是讓人懷念的日光，卻讓我幾乎睜不開眼睛。

一個中年婦女站在門邊，在她身後是有旋轉梯的寬闊空間，陽光從天井灑落，整個大庭沐浴在一片溫暖的色彩中。

她向男人問道：「他就是新來的孩子嗎？」

是的。男人說。

「那可得好好期待他的表現了。」

中年婦女咧嘴笑道，拉著我滿是油垢的手臂，帶我走進一個小房間。

小房間裡擺著足以容納整個成年人的大木桶，一旁還有刷子等清潔用具，我立刻明白，這是間浴室。

「不錯吧？你這小子這輩子肯定還沒洗過澡，可得好好享受了。」

女人要我脫掉衣服。在別人面前裸體讓我有點抗拒，但我還是搶在她伸手扯下我的衣服前脫個精光，跳進浴桶裡。

「得把你洗得白白淨淨的，千萬不能帶著那身臭味，讓客人看笑話。」

她的動作很粗魯，幾乎是把我當作廚房裡的鍋具一樣對待。

我告訴她我可以自己來，可是她很堅持，認為我自己洗不乾淨，我只好任憑她拿著動物毛編成的粗糙毛刷在我的身上留下一道道刮痕。

刮痕的顏色很淡，卻像是隨時都要滲出血。

「搞定。喏，別傻愣在那裡，快出來！」

我跨出浴盆，水滴順著髮際從我的臉上淌下，女人將一條毛巾扔到我身上，開始替我擦乾身體。

浴室的角落擺著一面已經碎掉的立鏡，我已經快忘記自己的長相了，覺得鏡中披頭散髮的人無比陌生。

接著，我被套上一件連身裙，和鼠麴他們是一樣的款式，同樣的連身裙穿在鼠麴身上很好看，對我而言卻只覺得單薄，冷風從鎖骨和衣服的空隙灌入，讓人直打哆嗦。

「好，可以出去了。等等你就跟著竹竿走，知道竹竿是誰嗎？就是帶你過來的高個子男人。有他在，勸你別打歪主意。」

女人用刻薄的聲音說著，將我推出浴室。

被稱作竹竿的男人就站在門口，看見我，什麼也沒說，只是用眼神示意要我跟著他走。

「是你要替我取名嗎？」我向他問道。

畢竟我也穿上跟鼠麴他們一樣的衣服了，我想我很快就會擁有新名字。

竹竿頭也不回地說：「這是客人的權利，不關我們的事。」

我和他在長廊裡走了好久，經過無數個房門緊閉的房間，接著又上了二樓，來到其中一扇門前。門上印有一串符號，我知道那是數字，卻讀不出來。

竹竿打開門，將半個身體探了進去，一改先前冷漠的口氣，用相當卑微的語調對裡面說道：「讓您久等了，我帶孩子過來了。」

「進來吧。」同樣是男人的聲音從裡面傳來。

我在竹竿的注視下走進房間，「咚！」一聲，門關上了。

陽光透過茶褐色的窗簾傾瀉至室內。那是一間遠比我們的牢房還要寬闊的房間，也沒有潮濕的臭味，不過家具很單薄，靠近落地窗的地方擺了一套桌椅，桌椅上有個黑色、用途不明的鐵盒，另一側的角落則有兩張沙發椅和一個小茶几。

房間中央是一張雙人床，一個一絲不掛的肥胖男人正坐在床上。

他的腿上放著一本書，那本書正好遮住了他光裸的下體。

那一瞬間，我彷彿從夢境中被拽回現實。

「哎呀，讓我等好久了。」男人朝我微笑，贅肉堆積在他的雙頰兩側，形成好幾道深淺不一的溝壑。

「來，過來一點，別害羞。」

他朝我招手，我的雙腿不聽使喚，自己朝他走去。我想是因為我心底明白，如果讓這個男人感到不悅，會發生很不好的事。

在我和他只剩下幾步路的距離時，他忽然傾身將我拉往他的方向，我來不及踩穩腳步，就這樣跌坐到他的大腿上。他笑得更開心了。

「在那之前，先讓我驗個貨。」

說完，他將手往我的裙底伸去。

我被他突如其來的舉動嚇了一跳，只能抓住他的手臂嘗試反抗，也是在那時，我意識到小孩的力量在一個滿臉橫肉的大人面前多麼無力。對他而言，我這微不足道的抵抗反而替他增添了趣味。

——你知道為什麼我們要叫潤餅小童嗎？

腦海中響起桌腳的聲音。

——因為他們會用塑膠布把我們碎成一塊塊的屍體包好、捆起來。

「看起來沒人碰過，也沒染上什麼毛病。」男人抽出手，將我的臉轉到他那一側。「長得又有姿色……看來這次他們總算沒騙我了。」

——為什麼是塑膠布啊？不能用其他東西嗎？

「那麼，照以往的慣例，得先幫你取名字才行。」

——那不重要啦。

「在等你的時候，我已經翻了好久的書，就是想給你取個漂亮的名字。你很期待吧？一定迫不及待想知道了吧？」

——可是，我就是想知道嘛！

「……如何？不錯吧，叔叔我可是看得懂很多字喔。怎樣？喜歡嗎？喜不喜歡我幫你取的新名字？」

——真拿你沒辦法，都幾歲的人了還用這種口氣說話。

「喜歡就好、喜歡就好。叔叔我啊，和其他大人不一樣，如果你有什麼不懂的，或有什麼想知道的都可以問叔叔喔，來，像這個字，知道怎麼唸嗎？」

——老實告訴你吧，其實我也不知道。

「不知道？這可不行，叔叔對你有很高的期待，沒想到你是這麼不認真的孩子。叔叔好失望，對不認真的小孩，必須給點懲罰才行……」

——反正，不知道也無所謂，等你需要用到這玩意兒時你已經死了，不是嗎？

『不是嗎？』

『藍色、綠色、黃色或是紅色的塑膠布都無所謂，看拾荒隊的大人手邊有什麼他們就會用什麼，甚至是不是塑膠布都沒差。他們得在你變成一塊塊的時候把你的屍體一塊塊撿回來包好，否則血腥味很快就會引來一隻隻野獸，他們會把拾荒隊的每個人都撕成一片片的，像雪花一樣。』

『你為什麼要一直用疊字詞啊？』

『因為我們是小孩啊，只有小孩才會用疊字詞。』

『都幾歲的人了，而且你根本沒看過雪花。』

『不要學我說話！雪花就像麵粉一樣，摸起來粗粗又滑滑的，放到嘴裡很快就會融化。』

『粗粗和滑滑不是相反的意思嗎？』

『因為麵粉有很多種，雪花也是，嚐起來的味道也不一樣，有甜有鹹。』

『你騙人，你連怎麼烤麵包都不知道。你看過麵包放在烤爐裡脹紅的樣子嗎？如果你看過，你就不會說這種蠢話了。小小的麵團，會膨脹成原來的好幾倍大。』

『是啊，我是沒有看過，因為我已經死了。』

『太狡猾了。』

『沒辦法，而且那天說不想死的人，也是你。』

『太狡猾了！』

『隨便你怎麼說，想哭就哭吧。這裡沒有人會笑你，但是別忘了，你哭得越大聲，身體就會被弄得越疼。』

『你又知道了。』

『我當然知道啊，正因為我被炸死時一滴眼淚都沒有流，所以完全不會痛喔，老實說，除了你當時的表情以外，我什麼也不記得了。』

『我當時是什麼表情？』

『你哭了。』

『騙人。』

『真的。』

『騙人！』

「唔……！」

痛苦的呻吟將我喚回現實。
胖男人的五官糾結成一團，正撫著自己的下腹部。
結束了嗎？
「你這死了媽的狗雜種……」
不，還沒結束。
我只是哭了。
「我要掐死你這賤東西！」
胖男人甩著他的肥肉朝我撲來，我沒有躲開，大概是因為躲不開。他坐在我身上，胸膛傳來濡濕的觸感，或許真的是我的淚水，但我已經沒有力氣思考。
他說要掐死我，我想就讓他這麼做吧。身體好痛，即使疼痛連那女人在我身上留下的刮痕都不如，但還是好痛。
我想被用紅色的塑膠布包起來，這樣我的血就不會弄髒那塊布了。
這次換成我發出呻吟，那是身體本能地渴求著空氣而發出來的窩囊聲音。
聽說都城裡的有錢人會聘請吟遊詩人在他們的宅邸裡作樂，他們讓吟遊詩人在自己的宅邸裡敲敲打打，而這些曲子只有富貴人家才聽得懂，傳進窮人們耳裡只像是噪音。
綠色的塑膠布也不錯，扔在草皮上也沒人知道那裡有具屍體。

「你以為你是什麼東西？老子付了多少錢你知不知道？我喊一聲，整間屋子裡的人都會來弄死你這小王八蛋——」

我已經聽不見他在說什麼了。

「客人！您在做什麼！」

「我在做什麼？你怎麼不問問這小畜生做了什麼？」

「無論如何請先放開手，這孩子會被你弄壞的！」

掐住我脖子的雙手似乎稍稍放鬆了力道。

「你知道我聽說這裡進了新品後，是花了多少錢才買下他的？結果這該死的賤種做了什麼？你看看，看啊！」

「非常抱歉，客人。關於這次的消費，我們……」

「怎麼？你是打算替我消腫嗎？你配嗎？老子才不在乎你媽那幾個臭瓶蓋子。別再讓我看到這狗娘養的東西，否則我讓你們全部下半輩子都得跟他幹一樣的活吃飯。」

那樣的對話重複在腦中復讀著，每一次重複都顯得越來越不真實。

你想要什麼顏色的塑膠布？這次選藍色好了。難道你認為會有下次嗎？不會嗎？我也不知道。

我的雙腿間盡是那黏膩、令人不快的觸感。汗水的味道像剃刀一樣在那些刮痕上游走，胖男人肯定在我脖子上留下了爪痕，即使他放開了手，那些疤痕還是讓我難以呼吸。

一定要小心。鼠麴的聲音在我耳邊低語道。

風信子那暴躁的脾氣、菖蒲軟弱無力的笑容還有扶桑綿綿不絕的哭聲。

我知道「工作」是什麼，我知道他們被帶走之後遭到了怎樣的對待，我一直都知道。

可是那份記憶總是在半途戛然而止，我待在地下室太久，太想念陽光了，而且我真的好想和大家成為朋友。它讓我寧可忽視地下室裡的種種，而當我想起時，一切都已經太遲了。

對不起，沒能替你找到塑膠布，我們都當不了潤餅小童了。

我閉上眼睛。流入胸中的空氣，只剩下茫然的味道。

5

竹竿將我帶進地下室最深處的房間，我全身被脫個精光，雙手被綁上繩環，懸吊在室內正中央。

角落有一張小桌子，桌子上擺著小刀、鉗子等各種工具，托盤上有幾顆牙齒與乾掉的血跡。為了讓地下室的其他孩子能聽到受罰者的哀號聲，這間房間甚至沒有加裝門板。

這個空間就是被設計來折磨小孩子的。

「難道這段時間，鼠麴都沒有教你這裡的規矩嗎？」

竹竿手裡拿著一根細長的棍子，繞到我身後。

「那孩子大概以為這樣是為了你好，卻不知道這其實是在害你。」

我聽見空氣被刮破的聲音，隨後背部傳來毒辣的燒灼感。

淚水在一瞬間便潰堤了。

那和悲傷的感覺不同，純粹是因為疼痛使身體自發性地流出眼淚。實際上，我並不感到悲傷。

「來到這裡，就得遵守規矩、做好自己的工作。你弄傷的那個男人，是隔壁城市的地主，是很重要的客人。」

竹竿用不帶任何感情的口氣說著，就像在復誦預先寫好的台詞，每次只要有小孩犯錯，肯定都是由他負責處罰，或許他也早已痲木了。

「你們這些小鬼，本來都是活不了的。大姊當初沒有殺你，是給你機會，不要不知道感恩。你跟對側那些小鬼相比，已經很幸運了。」

「……對側那些小鬼？」我隱忍著疼痛，拚命擠出字句：「你是說十四他們？」

「沒有要你回話。」

話音一落，鮮銳的痛楚再次襲來。

犯錯了就要接受處罰，處罰的最好方法就是把身體弄疼，讓肉體代替腦子記取這份教訓。

只不過，我們是商品，所以所有要販售給客人的部位都不能受傷，包含臉蛋、雙手還有胯部，於是，全部的傷口都集中在背部。

或許是次數夠了，也或許是時間到了，竹竿將棍子扔到一邊，替我解開腕上的繩結。

當雙手一被釋放，我立刻癱軟在地。有種全身的骨頭都散架的感覺，積蓄在喉嚨深處的唾液混雜著胃液從我的嘴巴流出，散發著嗆鼻的腥味。

竹竿將我拖回房間。一被扔進牢房，鼠麴和風信子她們就立刻圍到我身邊。

「海螺！發生什麼事了？為什麼你的背上全部都是血？」

我想告訴鼠麴我已經不是海螺了，我和大家一樣，胖男人替我取了新名字。

只不過，我卻怎樣也想不起來胖男人那時到底是怎麼稱呼我的。

「看你這樣子，肯定是搞砸了吧。」

接著風信子的聲音傳來，我趴在地上，看不見她們的臉，只是我能想像到風信子那幸災樂禍的表情。

「是揍了客人嗎？還是把他的寶貝咬掉了？」

沒能等到我回應，她又自顧自地笑著說：「我第一次接客時也跟你一樣，到現在我都記得那男人的臉扭成一團的樣子。」

不久，我聽見啜泣聲。

不是我，是鼠麴。

我問她為什麼要哭，她告訴我她看見我背上的傷，覺得胸口好痛，想著想著就忍不住哭了出來。

我告訴鼠麴沒必要因為這種事而哭，並握住她的手，卻沒想到自己也落下了淚。

比起身上的痛，看到鼠麴為了我流淚更讓人難受。

在那之後，竹竿還是會不定時來我們的牢房叫人，唯獨除了我。

我不認為男人會因為我背上的傷就放過我，我想，我只是單純沒有被客人指名而已。我和菖蒲的年紀相仿，即使長相不同，對那些客人大概也沒有多大差別，如果客人們口耳相傳，知道我是個難搞的小鬼，想必也會選擇菖蒲。

一想到這裡，我便覺得很對不起他。

鼠眼男人還是會送五人份的伙食到牢房，我常常將我自己的份分給菖蒲和扶桑，只不過鼠麴每次見狀，又會把她自己的那份分給我，無論我怎麼推辭，她還是堅持要與我分享。鼠麴是我們之中最常被叫出去的，工作量遠比我們其他人還大，這讓我心中的歉疚越發膨脹，意識到這樣下去只會拖累大家。

我在心中發誓，下次竹竿來帶走菖蒲時，我要自告奮勇代替他去。

機會很快就來臨。

在菖蒲走出牢房前，我站在他和竹竿之間，告訴竹竿我願意代替菖蒲。

竹竿露出困窘的表情，往牢房裡看了一眼。

我發現他是在看鼠麴。

「不行嗎？」我問道。「這次我保證什麼都不會做了，請讓我去吧。」

沒想到，身後的菖蒲忽然喊道：「不行！」

我從來沒有聽過菖蒲用這麼大的音量說話。

「菖蒲……？」

「如果讓你去的話，鼠麴姊的努力又算什麼？不行，絕對不能讓你去！」

我感到錯愕，我不知道這件事和鼠麴有什麼關係。

但菖蒲彷彿知道自己說錯話了，急忙搖搖頭，逕自走出牢房。

在菖蒲和竹竿離開後，我詢問鼠麴菖蒲的話是什麼意思，鼠麴說她也不知道。鼠麴是個單純的女孩，我立刻就知道她在說謊，只好改問風信子，但風信子只覺得我煩，叫我滾一邊去。

就算菖蒲回來，他仍然裝作什麼事也沒發生的樣子。到頭來，我還是什麼都不知道。

我以為是因為我沒有與大家一起工作才被排除在外。至少，我一開始的確是這麼想的。

在那之後，又過了幾天。隨著待在牢房的時間漸長，現在的我，已經能藉由鼠眼男人送餐的頻率判斷外面是黑夜或白晝了。

「新來的，你可真是樂得輕鬆。」

鼠麴和風信子都去工作了，而菖蒲跟扶桑還在睡覺，沒有聊天的對象，我只好坐在自己的毯子上發呆，結果聽見有聲音從牢房外傳來。

側過頭，發現十四正抓著鐵欄瞪著我。

「你在跟我說話嗎？」

「不是你還會是誰？」

十四沒好氣地說。

「什麼都不用幹就有飯吃，天底下沒你這麼好運的人了。」

不同牢房的孩童很少有交集，我沒想到住在對側的他會主動找我搭話。

「不像我們，長得不夠好看，沒辦法躺著工作就算了。每次走出牢房，都不知道能不能活著回來。」

我想起男人曾說過，和十四相比，我們算是相當幸運。

「沒辦法活著回來是什麼意思？」

「就是總得要有人死。」

「死？」

「你還真的是什麼都不懂啊。」十四厭惡地嘆了一口氣，「他們把地下室的小孩分成兩種，知道嗎？」

我知道。鼠麴說過這裡的小孩因為負責的工作不同，分成我們這側與十四那側。

「你們那邊的孩子，臉蛋或身材都是特別挑過的，好讓你們去幹些讓大人們開心的髒活。」十四說。

「而我們這邊，就是剩下的、人家不要的，但又不容易被弄死的。他們給我們安排了別的差事，就是彼此廝殺。」

「你說什麼？」

「就是想辦法把全部人都殺死，明白了吧？」

我當然知道廝殺的意思，我不懂的是這樣做有什麼意義。

「我怎麼會知道，那些大人八成是覺得這樣很好玩。」

十四聳了聳肩繼續說道。

「挑幾個小孩，給他們武器，再替他們戴上面具。他們在這棟屋子的庭院裡圍了一個柵欄，把我們關在裡面，要我們想辦法做掉對方。贏的人就有下一頓飯吃，輸的人……不用我再多說了吧？」

「這就是你們的工作嗎？」

「不然呢？」

難怪我很少聽見十四的牢房傳來聲音。

他們不像我們，彼此之間幾乎不會交談。我原本以為是十四的性格很討人厭，沒想到卻是這個原因。

對他們來說，每個人都是必須殺死的存在，所以他們不能和任何人成為朋友，因為朋友早晚也會變成敵人。

桌腳也曾說我們當不了朋友，只是十四所遭遇的情況又遠比我們還要殘酷。

「我說你啊，叫什麼名字？」

「我沒有名字。第一次接客時我分心了，沒聽到客人幫我取的名字。」

「什麼嘛，真是個蠢蛋。」

十四戲謔地笑了。

「你呢？」我問。「你為什麼叫十四？也是大人幫你取的名字嗎？」

「這才不是名字，只是個編號，給他們下注用的。知道下注嗎？就是每個人各出一點瓶蓋，賭看看哪個小孩會活到最後，贏的人就能把瓶蓋拿走。我和鼠麴都是最早那批被關進地下室的小孩，所以我的編號很前面，不然現在號碼已經排到四十幾了。」

整座地下室關押不了那麼多孩童，十四沒有明說，但我也猜得到中間那些號碼的小孩下場是如何。

「所以你殺過很多人嗎？」

「不這樣做就沒辦法活下來。」

他扭了扭脖子，一派輕鬆地說著，接著又看向我。

「畢竟不是每個人都跟你一樣，有個好姊姊，啥都不幹就有飯吃。」

「好姊姊？是指鼠麴嗎？」

「廢話，不然還會有誰？」他冷冷地笑出聲。「鼠麴為你做了那麼多，我都不知道你是在裝傻還是真的沒有發現。」

「鼠麴？她做了什麼？」

「她替你把工作都接下來了啊。」十四用倒了嗓的聲音說。「不然你以為他們為什麼要放任你逍遙？今天管你身上有多少傷，這群人一樣會要你去幫他們掙錢。」

「代替我接客的人，不是菖蒲嗎？」

「你這蠢貨真的是什麼都不懂。你們那邊除了鼠麴之外，沒有哪個小孩敢跟大人談條件，也只有鼠麴有那個資格。」

我感到很混亂。

意思是，這段期間我一直有被指名，只是鼠麴瞞著我和大人談好，由她代替我去接客……

「對那些來光顧的客人來說當然是好事，要知道鼠麴在你們那邊是紅牌，價錢不知道比你貴上幾倍，結果她卻願意代替你這只配幫人舔屎垢的小鬼讓人糟蹋。」

「可是……為什麼？」

「為什麼？去問問你那張臉是不是生得像個有錢人家的小白臉吧，海螺。」

海螺。

這是鼠麴替我取的名字。

「鼠麴說的海螺，到底是誰？」

「在那之前，你知道鼠麴是被買來的吧？」

我點點頭。這是鼠麴自己告訴我的。

「你覺得什麼樣的孩子需要用買的？」十四嗤著嘴問道。「像你、像我，真的有讓他們花錢的價值嗎？」

我沒有回答，十四又繼續說了下去。

「我們這樣的小孩，跟蟑螂、老鼠一樣，去隨便哪個城市的巷子裡都是一整窩，連人口販子都對我們沒興趣。但鼠麴不一樣，鼠麴在被賣掉以前，可是某個城主的女兒啊。」

「如果是城主的女兒，為什麼會被人賣掉呢？」

「誰知道。」他說：「至少我們沒有人聽鼠麴說過。」

我只能繼續點頭。腦筋完全是一片空白。

「不過在你來之前，鼠麴常說她有個弟弟。」十四說。

「那個弟弟的名字，就是海螺吧？」

「她常講到以前她和弟弟去了哪裡玩、吃了哪些好吃的東西，還有那個蠢老弟有多麼愛哭，盡是這些無聊的小事。老實說，我一開始只覺得她在炫耀有錢人家過著怎樣的好日子，一點都不想聽。但每次說著說著，那笨蛋就會自己哭起來。」

說完，我們之間陷入了難堪的沉默。

沉默持續了好一陣子，讓人幾乎喘不過氣，我不明白十四為什麼要告訴我這些，我想不到理由。

過了一陣子，十四才再度開口。

「自從你來以後，鼠麴都只顧著跟你說話，不再理我了。我偶爾會聽你們聊天，但是她一次也沒有提起海螺的事。」

「為什麼？」

「你是沒腦子，不會自己想嗎？」

「我……」

「世上不會有麼巧的事，你肯定只是一個碰巧長得像她弟弟的陌生人，但鼠麴好像不這麼認為。」

我的額頭冒出汗珠，握著鐵欄的雙手也不自覺地微微顫抖。

「她不想讓你知道是她代替你去接客，所以拜託大家保密，不過我沒那麼好心，我最討厭你這種盡是接收人家好意，卻裝作一副什麼都不知道的混蛋。你最好祈禱哪天不會被丟到我們這來，否則我一定會讓你死得很難看。」

我怔怔地點了點頭。

其實我根本不在乎十四的威脅，真正讓我難受的，是知道鼠麴對我好的真正原因。

回想當初，我還對海螺這個名字表現出一副滿不在乎的樣子，卻沒想到自己一直在利用鼠麴的好意。

另一方面，知道我在鼠麴眼中只是作為弟弟的替代品，也讓人沮喪。

不知不覺，我又想起自己還是潤餅小童時的事。

潤餅小童是為了替人確認前方的路途有沒有危險而存在的，是消耗品，也是隨時可替換的存在。無論是我或是桌腳，都是這麼認為的，甚至不用人告訴我們，我們也明白自己的命有多麼廉價。

結果現在，我卻因為成了那個叫海螺的男孩的替代品感到不甘，胸口的苦悶感，甚至比我被那男人抽打時還要痛。

我想，我能理解十四如此討厭我的原因，因為他是喜歡著鼠麴的。

我也能理解自己為什麼會感到難受——

因為我也喜歡鼠麴。

我不想讓她難過，無論怎樣我都不希望她傷心，可是我不知道該怎麼做。鼠麴肯定也是這麼想的，所以才願意代替我接客，她也不希望我受傷。

如果我告訴她夠了、已經可以了，不用再護著我了，接下來就讓我獨自面對吧，肯定又會像菖蒲那次一樣不了了之。她依然會瞞著我繼續替我完成工作，不可能有用的。

但難道我要就這樣佯裝不知道，繼續利用她的好意嗎？儘管我只接過一次客，那次的經驗卻已在我的心中留下了無法抹滅的陰影。如果再讓鼠麴代替我面對那些噁心的大人，我肯定不會原諒自己。

心中的矛盾填滿了我的思緒。像一隻寄居在耳窩深處的小蟲，每當我想著不能再這樣下去了，小蟲便會告訴我維持現狀才是鼠麴所希望的。而一旦我決定保持現狀，牠又會讓我想起鼠麴正為了我在被那些大人凌辱。

到頭來，我還是什麼都沒改變。

無法坦率回應鼠麴的笑容，日復一日被自己的懦弱造就出來的罪惡感折磨著，而我心底清楚，這樣的苦楚和鼠麴還有其他人遭遇到的相比，根本不值一提。

而就在這樣的處境下，事情迎來了意想不到的轉機。

6

我曾聽風信子說過，對這棟宅邸的人而言，地下室的存在是祕密，理由自然和我們所從事的工作脫不了關係。

「來這裡花錢的人都是一些下三濫，他們不希望自己低級的嗜好被家人或朋友知道。」

這棟宅邸的大人們不會帶客人來地下室挑選孩童，有關孩子們的資訊，都是透過朋友口耳相傳得知，只要你知道那孩子的花名就能指名他服務，為的就是避免風聲走漏。

本來以為是這樣的。

直到某天，竹竿帶著一個陌生男子來到地下室。

男子的身高和竹竿差不多，身形比竹竿更為消瘦，穿著下襬至小腿肚的長風衣，一頭灰色長髮綁成馬尾，本以為是個上了年紀的老人，但燭光映照出的面容卻遠比我所想的年輕。

「書、書商先生，這邊請。」

書商……這肯定不是他的名字。竹竿稱呼他時遲疑了一下，與他面對客人時卑微的口吻有些不同，語氣中夾雜著幾分忐忑。

兩人在我們的牢房前停下，接著竹竿用鑰匙打開了鐵門。

「就是這裡了，先生。您要的女孩……啊！請稍等，裡面很髒的！」

竹竿來不及阻止，灰髮男子就彎下身鑽了進來。
他環視我們一遍，那雙眼細得讓人難以辨識他的視點落於何方。無論是我、鼠麴、風信子，甚至菖蒲和扶桑都目不轉睛地盯著他瞧，每個人都好奇這個怪人闖進我們的牢房有什麼目的。
「我聽說這裡有看得懂文字的孩子在，可以告訴我是誰嗎？」
聽見他這麼說，我們不約而同地看向鼠麴。
鼠麴戰戰兢兢地舉起手，小聲說道：「是我。」
「謝謝你們。」
男人露出淺淺的笑意來到鼠麴面前，單膝跪坐在她身邊。那件風衣就這樣鋪蓋在我們骯髒的牢房地板上，但他似乎一點也不在意。
「妳好，我的名字是柯羅諾斯。」
他朝鼠麴伸出手。
「您好，柯羅螺絲……先生？」
「不要緊的，記不起來沒關係，現階段妳也不需記得，可以先稱呼我為『書商』就好。」
男人說。
「比起我的名字。該如何稱呼妳明顯更為重要。」
「……我叫做鼠麴。」

「好的，鼠麴，很高興認識妳。像妳這年紀的孩子看得懂字是很稀奇的事，妳以前學過任何一種文字系統嗎？」男人的語速很快，但咬字清晰，而且語調溫和，跟這棟宅邸裡的大人完全不一樣。

「爸爸媽媽曾請老師到家裡教我認字。」

「妳的父母親想必非常疼愛妳。妳還記得上一次過生日是幾歲的時候嗎？」

鼠麴眨了眨眼睛，不明白書商的用意，但還是答道：「十三歲時……」

「家人有好好替妳慶生嗎？」

「爸爸從別的城市帶回了一個大蛋糕。」

「嚐起來味道怎樣？」

「軟綿綿的，而且很甜……我吃不了太多，本來想留著慢慢吃，結果卻長了螞蟻。」

「後來蛋糕呢？」

「被弟弟吃了。」

不僅一旁的我們，連鼠麴也不知道這些問題有什麼意義。

「弟弟的名字是？」

鼠麴沉默了。

「弟弟的名字？」書商再次問道。

鼠麴面對著他，雙眼卻是看著坐在角落的我。她艱難地搖了搖頭。

「我不想說。」

「我明白了，鼠麴。謝謝妳，我也喜歡蛋糕。」

書商一站起身，他身旁的竹竿便立刻說道：「沒錯吧？先生，她的確是領主家的孩子，我們是不可能欺騙您的。」

「是不是領主家的孩子不重要。在乞丐組成的國度裡，即使是屠宰場裡的豬也能替自己弄到爵位。」

「啊，這、是，您說得沒錯……」竹竿反應不過來，只能狼狽地應聲道。

「不過，我相信這孩子不是。屠宰場的豬不會在乎自己的名字。」

接著，他從懷裡抽出一張紙，遞給竹竿。

「這是？」

「這是一封信，給老朋友的信。請在轉交時替我問候這棟宅邸的主人，她不太喜歡被人提及其名諱。告訴她，這段期間我會買下這女孩的所有時段，接下來的每分每秒，我不希望任何人有機會觸碰她的身體。」

「可、可是鼠麴是我們這邊最受歡迎的孩子啊！要是沒有了她，生意會……」

「我保證生意不會有任何影響。」書商說：「因為你應該替我傳達這件事，並讓每個膽敢指名她的人再也沒有來光顧的理由。」

「再怎麼說這也太蠻橫了，先生。」
「他們只是少了個能當作發洩對象的少女，好讓他們回家看見自己女兒時，不會燃起相同的慾望。對比我在這間地下室裡所看見的一切，我的所作所為離『蠻橫』這個詞還很遙遠。」
「這……」竹竿再次語塞，他像個受委屈的小孩一樣，一句話也擠不出來。
「那麼鼠麴，我很快就會再來。別擔心，不需要做任何準備，妳唯一該做的就是養足精神，讓自己睡個好覺。」
語畢，書商轉身跨過鐵門門檻。竹竿見狀，也立刻走出牢房，匆匆鎖上門，並緊跟在他身後。
牢房裡只剩下面面相覷的我們，沒有人知道他真正的來意。
「鼠麴姊。」
先打破沉默的是風信子。
「聽那傢伙的意思是，妳不用再接客了……？」
「是、是這樣嗎？」
「他叫竹竿不准讓其他人碰妳。」
「也許他是想自己……」
「我……我覺得，應、應該不是。」坐在角落的菖蒲用幾乎聽不見的聲音說。「那個人問了很多問、問題，說話的方式也……也和我們平常碰到的人不一樣。」

「誰知道，說不定他只是個比較紳士的變態。」風信子露出不懷好意的笑容，完全沒有察覺鼠麴臉上的擔憂。

那天用過餐後，竹竿沒有再出現，大家都早早便睡了。半夢半醒間，我感覺到身旁一直有動靜，起身一看，發現鼠麴正靠在牆邊發呆。

我小聲輕喚她的名字，讓她嚇了一跳。

「海螺……？」

「妳在想那個人的事嗎？」

「不……」她搓著自己胸前的頭髮，又改口道：「只是想想而已。」

「那個人叫柯羅諾斯吧。」雖然只聽過一次，不過我很快就記住那個人的名字了。「他說自己是書商，什麼是書商？」

「就是指賣書的人。」

關於書這種東西，我只有聽過，沒有實際讀過。畢竟我不懂文字，拾荒隊也沒有人懂，以前大家撿到都會直接扔掉。但鼠麴卻說，書裡面有許多珍貴的知識，一旦學會這些知識，很可能會改變人的一生，所以有許多有錢人不惜花費大筆金錢，也要從書商那裡買下稀有書來讀。

拾荒隊眼中的垃圾，到了有錢人手裡卻變成黃金。對我而言，宛如是另一個世界的事。

「為什麼賣書的人要來這裡呢？」我追問道。

鼠麴搖頭，表示她也不知道。

「至少他肯定不是來賣書的。」我說：「感覺他好像是專程來找妳的。因為妳看得懂字，說不定他是想拜託妳替他讀書。」

「那是不可能的，每一個書商都看得懂字。何況我是很小的時候學的，而且只學了一點點，沒辦法幫上他的忙。」

「這樣啊。」

我其實沒有想那麼多，腦中唯一一個念頭就是鼓勵鼠麴。風信子說書商也是為了鼠麴的身體而來；菖蒲則認為他另有目的，對我而言不論答案是什麼都無所謂，我只希望鼠麴能開心。

「我繼續叫你海螺沒關係嗎？」

忽然，她問。

「沒關係。」我說：「因為我也不記得我是什麼名字。」

「是嗎？」

我沒有聽見笑聲，不過我知道鼠麴的臉上現在一定正勾勒著微笑。

「其實，你早就從十四那裡聽說了吧？」

「妳是說海螺吧。」

「嗯。」她說：「這是我弟弟的名字。」

鼠麴告訴我，她以前和家人住在聽得到海浪聲的房子裡。她的祖先似乎因為擁有養殖魚類的技術，所以帶領一群人離開家鄉，在那片土地定居。

「只要越過我家後面的小山坡就能看到海喔！一整片沙灘上可以撿到很多貝殼，偶爾還能看到螃蟹爬來爬去。」

她說話時，只是平靜地看著面前的那堵水泥牆，卻又好像在眺望著什麼。我模仿她的樣子，也盯著什麼都沒有的牆面看，不可思議的是，耳朵裡彷彿也傳來沙沙的聲響。

我想，一定是我搞錯了，肯定是風信子在翻身，她的睡相一直以來都很差。

「在沙灘的盡頭是一片防風林。看起來稀稀疏疏的，因為海風幾乎把葉子都吹掉了，在那邊玩捉迷藏一下就會被找到。」

她說防風林就在房子的西邊，居民的屋子都集中在東邊，只要越過防風林就什麼都沒有了。

她指著牆面，告訴我她以前居住的地方是什麼樣子。隨著她的手臂擺動，白色連身裙的領口被擠壓出一道溝。

我移開視線，繼續聽她講述以前的生活。我的心臟在不知不覺間跳得好快，當時的我到底是怎麼想的呢？我也不知道。但每次聽見她稱呼我為海螺，又告訴我她曾和海螺在那片海灘有過什麼樣的回憶，就讓我有種難以描述的空虛感。

我和她緊握著彼此的手，十指交扣。已經忘記是誰先牽起誰了，但似乎也沒那麼重要，她的手冷冰冰的，我想只有浸泡過海水的手才會擁有這樣的溫度。

「鼠麴。」

「怎麼了嗎？」

「我想知道妳原本的名字。」

「為什麼？」

「沒為什麼，就是想知道。妳其實還記得吧。」

她停頓了一下，接著，在我的耳邊輕聲說道：「告訴你的話，以後你會用我原本的名字稱呼我嗎？」

「如果妳希望的話。」

「不。」她說：「我希望你聽了之後就把它忘掉。」

我點點頭，接著，她用同樣細微的聲音說：「海貓。」

「海貓？」

「嗯。」

「和海螺一樣呢。不過，這樣妳不就從貓變成老鼠了嗎？」

「所以我才不想告訴別人我原本的名字嘛。」鼠麴笑著說。

我原本以為她會對我的話表示不滿，就像我剛認識她時開的玩笑一樣。不過她沒有，只是對我笑了笑。

海貓是很美麗的名字。其實這才是我真正想告訴她的，只是我明白海螺不會這麼說。

我們之間不再交談。灰色水泥牆上的海面閃閃發亮，海風微微吹拂，與樹葉摩娑的聲音打在我們白色的衣裳。

隔天，書商再次來到我們的牢房。

「早安，鼠麴。昨晚睡得還好嗎？」

這次他不再像昨天一樣走進鐵欄了，而在竹竿喊出鼠麴的名字前，鼠麴就自己走出牢房。

「早安，柯羅諾斯先生。謝謝您的關心，我的精神很好。」

書商瞇起眼笑著，我漸漸覺得那抹笑容彷彿塗了蠟一般，有種太過刻意的不協調感。

我目送她的背影離去。牆上的海面消失了，留下站在牢房外的竹竿。

竹竿瞪了我一眼，又望向鼠麴，接著用下巴指著我說：「你知道了啊？」

「嗯。」

「那接下來沒理由再讓你混了。」

「鼠麴被帶去哪裡？」

「不關你的事。反正不用擔心她，那個人跟其他人不一樣，不是來這裡找樂子的。」

竹竿拋下這句話，就此離去。

照書商說的，他不會再讓鼠麴接客，所以過去鼠麴代替我承擔的工作都會重新回到我身上。把身體交給陌生的男人或女人，讓他們像玩玩具一樣對待自己。很難說如今我對這件事情究竟抱持著怎樣的態度，噁心、恐懼感肯定都有，可是一想到風信子、菖蒲和扶桑他們也都是這樣，又覺得沒什麼大不了。

更重要的是，鼠麴不用再代替我去面對任何客人了。我打從心底替她開心。我告訴自己，不論未來碰上多麼令人沮喪的事情，都絕對不能讓鼠麴發現。

鼠麴被帶走的時間很長。這段期間，風信子被叫走三次，菖蒲與扶桑兩次，連我也接到了工作。我們在牢房裡用晚餐，同時也在等待鼠麴回來。我嚼著焦黑的肉乾，並大口大口把水灌進喉嚨，想沖淡殘留在嘴巴裡的味道。

「啊！鼠麴姊！」

風信子歡快的呼喊聲讓我們同時抬起頭，看見鼠麴和竹竿正迎面走來。

仔細一看，她懷裡抱著一個方方正正的東西。

「鼠麴姊，那是什麼啊？」風信子問。

「是書喔。」鼠麴撐起笑容說：「是柯羅諾斯先生借我的。」

「借妳的？他借妳這東西幹嘛？」

風信子把鼠麴懷裡的書抽走，隨興地翻了幾頁後就哀嘆道：「哇……滿滿的字，難道都沒有圖嗎？」

「這是小說喔。妳說的應該是繪本或漫畫吧？」

「啊啊，什麼嘛……真沒意思。」

風信子把書塞還給鼠麴，又躺回自己的毯子上。

「所以說，那個怪里怪氣的男人是找妳去做什麼啊？」

「他教我認字，還帶我讀了一些很困難的書。」

我們坐在各自的毯子上，圍成一圈聽鼠麴講今天的遭遇。

「好像是因為工作變得越來越多，柯羅諾斯先生說他正在尋找能夠協助他的孩子，換句話說，就是書商學徒。」

「書商學徒！」風信子驚呼。我敢打賭她根本聽不懂這個詞的意思。

於是我替她問道：「書商學徒要做什麼工作呢？」

「嗯……像是協助他檢查書頁有沒有缺失或是汙損，或是替書本估價，必要時也得和他一起去廢墟裡翻書。」

「廢墟！」

我開始覺得風信子很吵了。

「去廢墟翻書聽起來跟拾荒者撿破爛差不多。」

「才不是呢！」鼠麴嘟起嘴反駁道。「去廢墟裡翻書是為了復興人類失落的文明，尋找已經失傳的技術，是很有意義的工作！」

「這是那個書商跟妳說的吧？」

「是、是又怎麼樣！」

一直以來鼠麴都像姊姊一般對待我，行為舉止也很成熟，沒想到她也有鬧彆扭的一面，這之間的反差實在很可愛。

書商和拾荒者不同，不能混為一談。我笑著告訴她，我這輩子都不會忘記的。

「鼠、鼠麴姊，才……才一天而已，妳怎麼就好像變……變了個人？」菖蒲吞吞吐吐地說道。

「我？變了？」

「鼠麴姊好像很喜歡書商。」依伴在菖蒲身旁的扶桑也這麼說道。

聽見她的話，我的胸口再度泛起悶熱難受的感覺。

「哎呦，你們都搞錯了。你們剛剛沒聽見嗎？書商學徒可是要替書商去廢墟裡翻書的。」

風信子瞇起眼瞟向鼠麴，嘴角依然上揚著。

「去廢墟裡翻書就代表可以離開這裡，到處旅行，看看外面的世界。鼠麴姊，這才是真正讓妳開心的原因吧？」

鼠麴含蓄地點點頭。我想，她不說出口的原因只是顧慮到我們的心情，她知道被選上的人只有她，能重獲自由的人只有她。

沒錯，自由……這麼說來，什麼是自由呢？桌腳比我還笨，不可能是他教我的，那我又是什麼時候知道這個詞的呢？

我想，應該也是和鼠麴聊天時她告訴我的吧。畢竟我的記憶力很好，她說什麼我都不會忘記。

「這、這樣的話，我……我們會很寂寞的。」

「白痴喔。」風信子舉起手刀敲了一下菖蒲的腦袋。「好不容易終於有人能離開這裡了，你也表現得高興一點吧？說不定下一個就換你了啊。」

菖蒲撫著自己的額頭，用快要哭出來的聲音說：「唔……鼠麴姊，恭喜妳能離開。」

「沒有啦，現在就道別還太早了！柯羅諾斯先生說在成為書商前，我還有很多東西要學呢。」

說完，鼠麴低下頭。放在她腿上的那本書，白色的封面在時間的摧殘下已經暈成一片米黃，紅色的字符盯久了，就像蛆蟲一樣扭動著。

為了讓鼠麴看書，我和她交換床位，讓她能坐在更靠近燭台的位置。

即便大家都已經睡了，她還是在讀書。

她屈著腿，將書放在腿上，兩顆眼睛目不轉睛地盯著紙上的字句看。在安靜得連蚊蟲振翅都聽得見的地下室，只有紙張摩擦的聲音才能真正劃破寧靜。

連續好幾天都是如此。雖然鼠麴已經不用再接客了，她卻顯得比以往都還疲憊，在她的眼睛下方開始浮現淺淺的淡黑色印記。

「妳把自己逼得太緊了。」

有一次，我趁大家都睡著時對鼠麴說。

「這樣下去妳的身體會先撐不住的。」

「可是柯羅諾斯先生要我在一個星期內把這本書讀完……」

我看不懂字，所以不知道時間算不算充裕，可是看鼠麴幾乎無時無刻都抱著書看，想必閱讀的難度非常高。

「這本書在講什麼？」我問道。

「講一群小孩在荒島上求生的故事。」

「喔，聽起來很有趣嘛。」

「嗯，不過我看得不是很懂，有太多我認不得的字了。」

「那個書商沒有教妳嗎？」

「書商教了我很多字，可是我的記性不好，很多字都想不起來了。」

說完，鼠麴露出泫然欲泣的樣子。

我想幫上她的忙，卻不知道該如何是好。我一直以為讀書會是一件很愉快的事，沒想到卻讓她這麼痛苦。

「我很害怕，要是沒有把這些字記起來，柯羅諾斯先生就不會替我贖身了。」

我問鼠麴什麼是贖身，她說在地下室的孩子們其實都有個價碼，那價格比每一次指名我們的費用還要高昂許多，一旦付了那筆錢，就可以隨意處置我們，其中，當然也包括讓我們重獲自由。

如果書商認為鼠麴不夠格擔任學徒，那就不可能願意花錢買下她。

「所以我無論如何都要把這本書讀懂才行。」鼠麴說。

「我明白了。」我說：「我如果像這樣坐在妳身邊，會不會妨礙妳看書？」

「不會，這樣比較好。一個人看書太寂寞了。」

我能想像到，當大家都進入夢鄉後，唯獨鼠麴一個人還在苦讀。那就像我剛來到地下室時無法融入大家一樣，雖然意義不同，但那種無助的感覺是一樣的。

她默默看了一會兒書，而我就坐在她的身旁。偶爾我會故意搔搔頭或抓抓身體，就算睡意侵襲，我還是想讓他知道我會一直陪在她身邊。

「海螺，我想把書上的文字唸給你聽，可以嗎？」

鼠麴的聲音讓差點墜入夢鄉的我驚醒，我擦掉嘴邊的口水，環視牢房裡的其他人，大家都躺在自己的毯子上，睡得深沉。

「嗯，唸吧。」我說：「我也想聽。」

「不過我有很多字都不會唸喔。」

「沒關係，我不介意。」

鼠麴稍稍調整了姿勢，並要我靠近一點，這樣她才能讓我看見書上的字。

我告訴她我看不懂，她說沒關係，她只是喜歡這種感覺。

故事從一群孩子說起。他們為了躲避戰亂，決定搭乘飛行器前往一個如今早已消亡的舊時代國度，但很不幸，敵人擊落了他們的飛行器，使他們墜落到一座荒島上……

正如鼠麴所說，有許多字她還不會唸，抑或者是忘記了，單就故事的開頭，我也僅能理解大概的意思。場景的細節、人物的想法，都是我難以想像或描摹的。

「妳已經唸很久了，先休息一下吧。」

我將水杯遞給她。水壺裡的水已經空了，還沒有到吃飯時間，不會有人來替我們添水。

「可是我還沒有讀完。」

「至少先睡一下，那個書商不是要妳養足精神嗎？我想他一定希望妳能按時睡覺。」

「可是我……」

「妳已經很努力了。不用擔心，妳剛剛唸的內容我全部都有聽懂，只要再一點時間，肯定就能把剩下的字都記起來，那個人絕對會替妳贖身的。」

儘管一點說服力也沒有，我還是認為我必須說點什麼，因為自從我來到這裡，不論失意也好、難過也罷，都是鼠麴在一旁支持著我，又默默地為我付出那麼多。如果這時我依然選擇沉默，我想我肯定沒辦法原諒自己。

「鼠麴？」

鼠麴沒有回應，我側過頭，發現她已經抱著書睡著了。

她大概沒有聽見我的那段話吧，這也無妨，我本來的目的就是希望她能好好休息。

我將書從她的懷中拿走，小心地抱起她，讓她能安穩地躺在自己的毯子上睡覺。她睡得很沉，完全沒有醒來的跡象，我想她真的累壞了。

那本書被我擱在一旁。我瞥了一眼，明明都是我看不懂的文字，卻有種自己能理解它的錯覺。

我想，那一定是因為鼠麴唸給我聽過的緣故。

7

在那之後，鼠麴仍然會唸故事給我聽。我們總是在大家睡著時並肩坐在牆邊，讀書商給她的書。

為了讓她熟讀內容，同樣的故事我往往會聽好幾遍，有時唸到第三遍或第四遍時，一些字鼠麴已經忘記了，這時候我的記憶力就會派上用場，告訴她接下來故事是怎麼發展，讓她推敲句子的意思。

「海螺，對不起，每次都要你陪我唸書。」

讀完一個章節後，鼠麴輕嘆了口氣，闔上書本對我說道。

「明明這是我自己的事，卻總是麻煩你。」

即使兩人總是一起看書，不過最後能被贖身的只有自己。她大概是這麼想，所以覺得很愧疚吧。

「不會啊。」我說，「書很有趣，而且白天妳都不在，我一個人留在牢裡多無聊，只能睡覺。」

「是嗎……？」

「嗯！」

鼠麴總是最早離開牢房，最晚回來的人，所以她不知道這段期間我們之中有誰去接客了。她可能認為我還是像以前一樣在牢裡吃白飯，沒有被抓去工作。

這正是我所希望的。我不希望鼠麴知道我也開始接客了。

再說，晚上時陪鼠麴唸書，白天時就會很想睡覺，屆時我就算面對客人，也只管躺在床上睡覺就好，如果睡不著，也可以想想鼠麴告訴我的故事，想想書裡的那些文字。反正只要我不反抗，大部分客人都不會有意見，不管是男人或女人都一樣，他們用我的身體做自己想做的事，時間到了或滿足了，就會自己離開。

木春菊、月桂、忍冬、虎耳草。

當我告訴客人我記不得自己的花名時，他們就會欣喜地以為自己是第一個摘花的人，抱著那本書，從裡面挑一種自己喜歡的花來稱呼我。上次我是梔子花，下次我又成了廣藿香，替第一次被採摘的孩童命名是只存在於宅邸屋簷下的儀式，只是對已經擁有無數花名卻一次也沒記得的我而言，一點意義都沒有。

我只想在鬆軟的床墊上睡覺，等到晚上再去聽鼠麴講故事。

當然，鼠麴也不是每天都會唸故事給我聽，偶爾書商也會給她一些紙或簿子，連同筆，讓她一起帶回牢裡。每次她都會趴在地上對著那些紙塗鴉。

「妳在做什麼啊？」

我也趴在她身邊，雙手撐著下巴，盯著紙上的那些圖樣瞧。

「我在寫字。」

「寫字？寫小說嗎？」

「不是，只是單純回答這些紙上的題目而已。」鼠麴用嚴肅的口吻說。「小說的技術早就失傳了，我才不可能會寫呢。」

「是喔。」

這也是書商告訴她的。不僅是小說，這世界上好像已經沒有人知道如何再寫書，現在書商所販售的書籍，都是舊時代的人類留下來的遺物。

「這些題目是柯羅諾斯先生給我的，好像是以前的老師測驗學生能力時會用的東西，叫考卷。」

紙張上方用黑色的工整字體寫著：國民小學基本學力測驗——國文。

「啊……」

「怎麼了？」

「不，沒什麼。」

我忽然發現，自己竟然看得懂字了。

不過，也有可能是這些字剛好特別簡單，我才認得出來。為了求證，我開始閱讀考卷上的題目。

「那題好像怪怪的。」我指著其中一個空格說道。那格要填上的正確答案應該是自己的「己」，不過鼠麴卻寫成已經的「已」。

「咦？寫錯了嗎？」

鼠麴半信半疑地看著我，直到我告訴她正確答案，她才點點頭並低喃道：「又忘記了。」

一定是因為每天晚上陪鼠麴一起唸書的關係，不知不覺間，我竟然也讀懂了文字。

「這些題目很重要嗎？」我問道。

「嗯，柯羅諾斯先生會用考卷判斷我是不是學會了，所以我一定要想辦法拿到好成績才行。」

「這樣的話，等妳寫完，我幫妳檢查看看好了。」

「你……？」

「啊不，只是覺得多一個人傷腦筋總不會是壞事。」

我遲了幾秒才意識到說了很自負的話，急忙道歉。我完全沒有驕傲的意思，只是單純想幫上鼠麴的忙。

「沒關係，你說得對。而且，海螺也真的幫我抓出錯誤了，不是嗎？」

得到鼠麴的同意後，她把已經完成的考卷遞給我。書商給了她好幾支筆，她給了我其中一支。

第一次提起筆，別說是寫字了，光是筆桿握在紙腹間的觸感就讓人覺得很奇妙。我這輩子從來沒想過自己有機會寫字，對於筆這種東西，我只知道它能換兩個瓶蓋，相當於兩塊黑麵包。

考卷上的每一道題，連同鼠麴的答案，我都仔細閱讀著，再次確信不是自己的錯覺，我真的看得懂文字。雖然不明白以前的「小學」究竟是適合什麼程度的人學習，不過既然有個「小」字，那應該不會太困難，也因此，我察覺鼠麴的答題狀況並不好。

我並不是每一題都有十足的把握，但大概有八成以上的題目都能解答，其中很多題目是我們讀書時唸過好幾遍的字或是詞彙，可是她還是答錯了。

鼠麴很重視這些測驗，我擔心老實告訴她哪些答案錯了會傷到她的自尊心，可是一想到測驗結果攸關到她是否能重獲自由，便覺得不能裝作沒看見。

「是這樣嗎？」

鼠麴聽完我指出的錯誤，只淡淡地說了這麼一句，接著拿起橡皮擦開始修改自己的答案。

「我也不確定自己是不是對的，只是覺得應該是這樣……」

我的記憶力很好，我很肯定我提出的都是正確答案，可是我不想讓鼠麴難過。

「嗯！沒關係，我相信你。畢竟海螺一直都很聰明嘛！」

她的微笑一如既往，就像她溫柔的聲調，我是再熟悉不過，然而我還是無法肯定她口中的海螺到底是指她面前的我呢，還是那個一直活在她過去的弟弟。

看見我搖頭，鼠麴的笑意變得更深了，可能是認為我在害羞，實際上我只是想把這些無所謂的想法拋到一邊。無論我在她眼裡是誰都無所謂，只要能幫上她的忙就好。

我沒辦法帶給鼠麴幸福，卻比任何人都希望她能幸福。

隔天，鼠麴帶著完成的考卷離開了。接下來，菖蒲和扶桑也一起被叫走，剩下我和風信子留在牢房。

「我知道你們每晚都在偷偷幹什麼。」風信子帶著狡猾的笑容對我說。

「別用這種會讓人誤會的說法。」我說：「我們只是在讀書而已。」

「怎樣？好玩嗎？」

「滿有趣的，可以讀到很多故事或是知道一些奇怪的事情。」

尤其是舊時代的事。因為書的成書年代都是來自文明早已亡佚的舊時代，所以能了解以前人生活的方式和想法是滿難能可貴的事。

「喔哼。」她發出一聲怪叫，接著又突然板起臉問道：「那鼠麴姊怎樣？」

「什麼怎樣？」

「她學得怎樣啊，沒問題吧？」

「嗯。不用擔心，書商一定會替她贖身的。」

不久，鼠麴回來了。比平時都還要早，菖蒲和扶桑甚至還在工作。

「海螺！你看！」

她用開朗的聲音說著，隨後抽出夾在腋窩下的紙張塞到我面前。

那是昨晚我們一起完成的考卷。幾乎每道題都被打了V字型的勾勾。

「八十八分喔！有史以來最高分！」

一旁的風信子聽了搔搔頭道：「鼠麴姊平常都拿幾分啊？」

「這個嘛……」鼠麴移開視線，低聲說：「三、四十吧。」

「喔，那進步滿快的嘛。這樣一來，那個什麼書商應該不會再找鼠麴姊麻煩了吧？」

「嗯！」鼠麴堅定地點頭。

她沒發現風信子這麼說的時候，兩顆眼睛正盯著我看。

那雙眼，彷彿就像在怪罪我似的。

在那之後，我仍然每天晚上和鼠麴一起讀書，而只要鼠麴一拿到新的作業，完成後就會讓我幫她檢查。我們會把有疑慮的題目一一挑出來，再討論誰的看法是正確的。

大多時候鼠麴都相信我，但有時她也會有所堅持，認為自己的答案是正確的而拒絕修改。我能理解鼠麴的心情，也對自己的答案沒有十足把握，所以沒有阻止。只是每當考卷發回來，她又會變得很沮喪。

幾次以後，她漸漸不再跟我討論問題的答案，只要我指出哪裡有錯，她就會照著我的意見修改。我知道這樣是不對的，這對鼠麴沒有意義，可是又不知道該怎麼辦。

畢竟我確實感覺得到她的進步，只是進步的速度很緩慢。我雖然不認識那個書商，卻也知道商人不會讓自己做賠本生意，換言之，他不可能給鼠麴太多時間或機會。

風信子沒說出口的話，我是明白的。

她認為我繼續幫鼠麴應付考試，未來哪天她真的獲得自由了，能力也不足以擔任書商學徒。

但我不在乎，我甚至不希望她跟那個男人走得太近，那是我的嫉妒心作祟，這我也明白。我只希望鼠麴能離開這裡，就算書商對她失望也無所謂，反正那時鼠麴已經被贖身了，她可以擁有自己的人生。

我是天真地這麼認為，直到某天那個人現身在地下室，我才知道我錯了，我徹底搞錯風信子的意思。

那天一如往常，鼠麴早早就被竹竿叫離牢房，而當我們用過早餐，正等待竹竿再次現身時，地下室的走廊卻傳來了陌生的腳步聲。

叩——叩——

鞋跟敲擊著地面，我抬起頭，看見紮成馬尾的灰色長髮與那張冷峻的面容。就算只有一面之緣，我仍記得他是書商。

不過，他為什麼會出現在這裡？竹竿呢？而且，他不是應該正在教鼠麴認字嗎？

「我在找一個孩子。」他說：「和鼠麴一起讀書的孩子。」

那聲音就像結了一層霜。對比第一次來時，情緒彷彿從他的臉上徹底抹去了，讓人相當不安。

「那個……你為什麼這麼問呢？」

書商瞥了我一眼，說道：「她最近的成績比以往進步很多，但問她問題還是答不出來，所以我想那些測驗，應該是有人代替她完成的。」

我心一驚，知道書商說的人正是我。就算我沒有直接替鼠麴完成考卷，但幫她訂正這麼多答案，簡直跟我替她寫的沒兩樣。

我看向牢裡的其餘三人，害怕他們會不小心說溜嘴，但菖蒲和扶桑總是睡得很熟，完全不知道我和鼠麴每天晚上都在唸書，至於風信子則是故意不看向我，裝作沒聽見的樣子，繼續搓自己的鬢角。

遲遲得不到答案，書商只好走進我們的牢房，向坐在水溝旁的菖蒲招手。

菖蒲遲疑了一下，才緩步往書商靠近。
「請、請問有——」
沒等菖蒲把話說完，書商已經一把抓住他的手臂，另一隻手則握住他的食指。菖蒲被這突然的舉動嚇壞了，他扭動身體試圖掙脫，但書商似乎加重了力道，他發出哀號，依然動彈不得。
「那個和鼠麴一起讀書的孩子是誰？」書商再次用毫無起伏的語氣問道。
「快放開菖蒲！」風信子大喊。
「可以。」
說完，他放開握住菖蒲食指的那隻手，緊隨而至的，是清脆的斷裂聲與菖蒲的慘叫。
「只要告訴我那個孩子是誰就行。」書商說。
菖蒲的食指已經被折往扭曲的方向，他拚命掙扎，但手腕仍被緊緊扣住。他徹底慌了，開始朝男人又踢又打，可是男人卻一點也不在意，細長的雙眼直勾勾地盯著我們看。
接著他又握住菖蒲的中指，再次扭斷。
「還有三十八次機會，你們有充足的時間可以思考。」他說。
「你這混蛋！」風信子朝書商撲去，卻被書商一腳踹在肚子上，她發出乾嘔聲，重重地摔在地上。
扶桑哭了，她連滾帶爬地來到書商腳邊，抱著他的腿哀求書商放開菖蒲，但書商仍不為所動，又握住菖蒲的無名指——

「等一下！」知道瞞不住了，我大喊：「是我！跟鼠麴一起看書的人是我！」

聽見我如此喊道，書商才終於肯放開菖蒲。

風信子抱著肚子在地上哀號，菖蒲則撫著自己被折斷的手指，和扶桑兩人縮在牆邊不停啜泣。

書商來到我面前蹲下，托起我的下巴說道：「既然結果都是一樣的，你應該早點坦言，如此你的朋友們便不會受苦。」

他的話更加深我心中的憤怒。我咬緊牙關，盯著他的眼睛看。

深沉的藍與朦朧的灰色混雜在他的雙瞳裡。我腦中霎時閃過桌腳被炸死的那天，天空也是一片陰鬱的顏色。

「對小孩動手，虧你還是書商，簡直比拾荒者還不如。」我朝他臉上吐口水。我看過大人們吵架的樣子，知道這時候絕對不能移開視線，否則只會被對方看扁。

「不。」他說，並抹去臉頰上的唾沫。「那是因為我將你們視作與大人同等的生命，你也不應該作賤自己，不是嗎？」

說罷，他改以用五指掐住我的臉頰。

「將書商比擬作拾荒者，是我們約定成俗的笑話，卻不曾有人真的為此感到有趣。不過，我能理解你的幽默，尤其當我們都做出比拾荒者更卑劣的事時，更顯其諷刺。」

「我？我做了什麼？」

「鼠麴與你分享書籍，讓你習得新知，但她沒有想清楚，那些書並不屬於她，因此你等同於從我這裡竊取了知識。」

「我……」

「『我』這個字充滿了個人主張，就像亟欲要人認識你一般，但你不覺得在有辦法承擔任何責任之前，沒有人該使用這個字嗎？」

他的指甲刺入我的肉裡，我感受到一股壓迫感，好像要把我的肉挖開來一般。不過在那之前，我雙頰的骨頭或許就會先被他捏碎。

「不過請不要擔心。」他說：「我來到這裡並不是為了傷害你與你的朋友，我只是需要這位小賊負起責任。」

「你要我，怎麼做？」

「每匹千里馬都應當有發掘牠的伯樂，但沒有人該以伯樂自居。你認為是為什麼？」

「我根本聽不懂你在說什麼。」

「因為馬兒無法言語。」他將手從我的臉上移開。「這是舊時代的箴言，你只是還沒明白。不用擔心，我願意給你理解的機會。」

他站起身，步出牢房，接著又回過頭，示意我跟著他。

我猶豫，但很快就知道我沒有選擇。如果不照他的話做，肯定又會害風信子他們受苦。

我跟在他身後，穿過漆黑的廊道，爬上樓梯來到宅邸大廳。竹竿就站在門口，書商在他耳邊說了些什麼之後，他便面色鐵青地衝進地下室。

「我請人去替你的朋友療傷。」他露齒微笑道。

「鼠麴呢？」我問。

「你很快就會見到她。」

我跟在他身後。

如今我已經對宅邸的格局很熟悉了，幾乎每間房間裡都曾有過等待我的客人，每經過一間房間，我就會盯著門上的數字看。一〇一、一〇二……以前看不懂的字符，現在也變得相當簡單。

最後我們在一間由兩扇門組成的大房間前停下，門板上沒有數字，我想應該不是用來服務顧客的寢室。

書商推開門，一個戴著髮箍的女孩正坐在房間一隅的椅子上讀書。灑落的陽光打在淡金色的髮絲上，即使面色嚴肅卻仍掩蓋不住美麗的面容。

我知道她是鼠麴，但對比和我們一起待在地下室、全身髒兮兮的她，此時的鼠麴卻顯得與整棟宅邸格格不入。

地下室裡陰濕的空氣、房間裡褪了色的俗氣壁紙，或是堆在浴室裡的白色連身裙，那些時常伴隨我們，僅屬於這棟房子的印象霎時間從鼠麴身上消失了。

我站在門口，靜靜注視著這樣的她。

「……海螺？」直到她發現我們，暫時放下手上的書，問道：「你怎麼來了？」

沒等我開口，書商就先一步答道：「我想讓他和妳一起學習。」

「和海螺一起……嗎？」

「這孩子向我坦言，你們私下會一起讀書，我認為相互砥礪是好事，如果這能幫助妳學習，沒有否定的道理。」

鼠麴看向我，臉上閃過一瞬間的困惑，接著她便點點頭。

「嗯，我知道了。」鼠麴笑著說：「沒有問題，我也想和海螺一起唸書。」

於是我被帶到鼠麴身旁的位子，並被塞了兩本和她一模一樣的書。書商告訴我，其中一本書名為「字典」，只要遇到不會的字，查字典都能找到答案。

「既然之前都和鼠麴一起唸書，那使用和她一樣的教材，應該也不會有任何問題。」

拋下這段話後，他便離開了房間。

我的心情很複雜，雖然書商說是為了幫助鼠麴學習才把我帶來她身邊，但一想到風信子他們的遭遇，我便無法信任這個男人。不管他掛著多麼和藹可親的笑容指導鼠麴認字，我都不會忘記他在風信子和菖蒲身上留下的傷。

只不過我也發誓，絕對不能告訴鼠麴書商對風信子他們做了什麼事。

菖蒲和風信子身上的傷對時常需要面對各種客人的我們而言，就算不是常態，大家也都早有心理準備，但鼠麴的機會可能一輩子都不會有一次。

她如果相信書商，那就該一直相信下去，直到她重獲自由。在那之前，她不需要知道這些雞毛蒜皮的小事，那只會妨礙她學習。

我和牢裡的其他人都是這麼想的，所以我們誰也不會說出去。鼠麴問風信子為什麼要抱著肚子縮在角落時，她告訴鼠麴自己吃壞了肚子；當菖蒲被問起手上的傷是從哪裡來時，菖蒲則告訴她是被客人弄的。

這是不需要說出口的共識，是一種默契。

為了鼠麴，我也有自己的盤算。

「為什麼來到這裡之後，你好像變得不太愛看書了呢？」

自從那天被書商帶離地下室後，我幾乎每天都和鼠麴一起在房間裡看書。

某天，鼠麴問我。那時我早就扔下手邊的書，正趴在窗台前看風景。

「明明在地下室時你很認真。」

她說，查找字典、學習認字是一種課程，就算書商不在，只要待在這間房間，我們就算在上課。

「偶爾柯羅諾斯先生會抽問我們書中的情節，所以一定要熟讀才行。」

「如果沒讀完，或是讀錯了會怎麼樣？」我問。

鼠麴歪著頭想了一下。

「雖然不會怎麼樣，但我不想讓他失望。」她說。

從房間的窗戶往外眺望，可以看見宅邸的庭園，正中央是一個光禿禿的空地，被木樁綁成的柵欄包裹著。

一群人站在柵欄外，空地中央站著兩個上半身赤裸的人。其中一人身材高大，戴著豬頭面具，另一個人則套著麻布袋，身高大概只達到他的一半。雖然看不到長相，但我總覺得高個子的背影有點熟悉。

兩人各持一把砍刀，與其說是砍刀，不如說是從廢鐵堆裡臨時打磨成的武器。他們壓低身形，相互對峙，圍觀群眾的吆喝聲連宅邸都聽得見。

「海螺，今天的範圍真的很多，不努力一點是讀不完的喔。」

鼠麴的聲音再次從身後傳來，我側過身向她問道：「這就是十四說的他們那邊的工作嗎？」

鼠麴放下書本，來到我身邊與我一同往空地的方向看去。

「啊，原來今天十四有比賽。你看，那個戴著豬頭面具的人就是十四。」

「果然是他啊。」我說。

隨著接客的次數變多，在宅邸內活動的機會也多了起來。然而，我從來沒有看過十四他們「工作」，因為客人不會給我們看風景的時間，他們的工作頻率也遠比我們還低。畢竟每次只有一個人能回來。我想起十四的話。

戴著豬頭的十四大吼，接著舉起手上的刀往麻布袋少年砍去。同時，鼠麴也回到自己的位子。

「妳不看了嗎？」

「我不想看。」

麻布袋少年驚險地閃開十四的攻擊，卻迎面吃下了十四揮出的拳頭，手裡的刀落到地上，麻布袋少年摀住鼻子，狼狽地倒退幾步，下一秒，十四將刀刃送入少年的腹中。

少年倒在地上抽搐，連哀號都來不及發出，嘴裡流出的鮮血已經將棕色的泥土地染成一片深紅。

隨著群眾們爆出歡聲，十四也像野獸一樣仰頭咆嘯，並舉起刀子環視在場的觀眾。一個老頭上場把奄奄一息的麻布袋少年拖出柵欄，隨後，又一個頭戴鐵桶的少年被推上場。

「你也不要再看了。」鼠麴說：「繼續看下去，只會讓人難過而已。」

「我以為妳會想替十四加油。」

「我不會幫任何人加油。」

我點點頭，仍然移不開視線。

待在地下室的日子裡，我聽十四提過幾次他的工作，也看過他炫耀身上的傷疤。我知道那些傷疤是怎麼來的，卻沒辦法想像。就像開始接客之前的我也無法想像鼠麴她們是在從事怎樣的工作，在這之前，十四身上的傷對我而言和牆壁上的塗鴉沒什麼不同。

我是現在才意識到，每一條疤，都是十四與死亡擦肩而過的證明。

鐵桶頭少年倒下了。並不是因為十四的體格特別壯碩，而是因為他和十四不一樣，他身上還沒留下任何傷疤，還沒準備好戰鬥。

當他的身體撞到土地的剎那，觀眾的情緒也達到沸騰。

直到最後一場戰鬥結束，站在空地中央的人還是十四。

轉眼間，陽光已經染上黃昏的色彩。庭院裡的人潮逐漸散去，一個老頭提著水桶，正在把地上的血跡沖掉。他身旁有輛手推車，幾具孩童的身體堆成了小山。

我離開窗前，回到位子上。鼠麴正偏頭看著我，她的雙眸滿是哀傷，像是早就預料到會發生什麼事。我們沒有交談，就這樣抱著書等待書商回來。

書商回來時，太陽已經完全下山了，老人與手推車都不見了，血腥的風景消失了，窗外什麼也看不見，鼠麴點起了油燈。被我扔在桌上的字典，我依然一頁也沒翻開過。

「這幾天下來，我想你們也讀到一個段落了。」

書商看向我，接著說。

「你能告訴我這本書在說什麼嗎？」

我告訴他我不知道。

「這本書太難了，我看不懂。」

「是嗎？」

書商沒多說什麼，接著又問了鼠麴一樣的問題。

鼠麴支支吾吾，費了好一番功夫才勉強拼湊出書中的內容。我不知道鼠麴有沒有說錯，書商好像也沒有指正她的意思，但再怎麼樣都比直接放棄的我要好。

對，這樣就好，只要鼠麴答得比我好，書商就會相信她比我更有成為學徒的資質。

事後證明，我實在太天真了。

隔天一早，書商告訴我們他想錯了，不能讓我們待在一起唸書。

鼠麴仍留在她原本的書房，我則是被帶去了隔壁的房間。兩間房的格局沒有什麼不同，窗外同樣都看得到木柵欄圍成的空地。

「你在抗拒什麼？」他問道。

我坐在椅子上，腿上擺著他要我讀的書，身旁的茶几上則有一本厚重的字典。

「我已經替你製造了適合讀書的環境，既然如此，你還有什麼不滿？還是說，你更喜歡待在那間骯髒的牢房裡唸書？」

我保持沉默，沒有回答。

「在沒有字典的情況下，你學習的速度卻能比鼠麴還快，證明你擁有閱讀的天賦，既然擁有天賦，為什麼不好好運用？」

書商就坐在我的對面。我抬起頭，看了他一眼，小聲碎念道：「前陣子你弄傷了我的朋友，還稱呼我是賊。」

「那是因為我選擇了最有效率的方式，否則你現在也不會坐在這裡與我談話。」

他閉上眼，嘴角泛起淺薄的笑意。

「就像稱呼你小賊一樣，我不會為這件事道歉。因為現在握有籌碼的人是我，不是你。」

「什麼籌碼？」

「我能讓你自由，至少你不需要再像朋友們一樣出賣自己的肉體。」

「我不需要你替我贖身。」

「我能理解你的顧忌。」書商端起桌上的茶杯，啜飲了一口。「你喜歡鼠麴，是嗎？」

「……為什麼這樣講？」

「答案很明顯，不是嗎？你很清楚鼠麴的學習狀況遠不如你，你擔心自己會取代她，成為書商學徒，所以當我詢問你書中的內容時，你一概說自己不懂。」

我不自覺地握緊了拳頭。

沒有等到我的回應，書商又問道：「被我說中了？」

「……你既然都有了答案，又何必問我？」

「因為我喜歡聽人親口告訴我答案。就像那天去地下室時，我也早就知道那個和鼠麴一起唸書的孩子是誰。」

「你……！」

「就像我說的，我只是在等待他開口。只可惜他和鼠麴不一樣，鼠麴對我幾乎沒有任何隱瞞，開心的事、難過的事以及所有的煩惱，她都願意與我分享。」

「那是因為她信任你！她一直都相信你會帶她離開這裡，所以才拚了命地為你唸書！」

我憤怒地站起身，原本放在腿上的書本掉到地上。書商皺了皺眉，放下茶杯，緩步走到我身邊，撿起那本書，並拂去上面的灰塵。

「請不要這樣對待書本。」他說，「而且讀書不應該是為了我，是為了她自己。我只是擁有選擇的權利，決定最後要帶哪個孩子走。」

「既然這樣，我更不可能配合你，我不會讓你放棄鼠麴。」

「是你擅自扼殺了可能性。我從來沒說過有幾個孩子能成為書商學徒，但沒有一個商人會放棄最好的產品，而選擇次等的。何況替你贖身的費用遠比鼠麴來得低。」

書商的每一個字都在刺痛著我的心。

我替鼠麴感到不值，她把自己贖身的希望都放在書商身上，但對這個男人而言，鼠麴卻是隨時可以被替換掉的商品。更讓我難受的是，促成這樣局面的人，就是我自己。

「要不要讀下去是你的自由，但希望你能想通我剛剛的話。」

他將手搭上我的肩，將我壓回位子上，接著又把那本書塞進我的懷裡，輕聲說道。

「不僅僅是對商人而言，在這個世界，無謂的感情只會害人受傷。」

書商離開了房間。

我攤開書本，紙張上寫的每一個字我都能明白意思，然而我卻好希望自己什麼都看不懂。

我徹底搞砸了。

比起鼠麴，書商更希望收我為徒。倘若我放棄，鼠麴也不會有被贖身的機會。

離開地下室，好不容易來到能看見陽光的房間，卻讓我覺得自己只是住進了更巨大的牢籠。在這方正的空間裡，只聽得見風搖動窗戶的聲音，聲音攪動沉重的空氣，而我只能繼續翻閱著書本，牢籠裡的人從來沒有真正能夠做選擇的機會。

那天傍晚，書商來拿回借我的書。他說以我的閱讀速度，不需要拿回地下室也看得完。

我走出房間，正好看到鼠麴也抱著書準備離開。

「啊，海螺……真是的，為什麼柯羅諾斯先生要把我們分開呢？」她懊惱地說。

「可能是因為被他發現我都在混了，怕影響妳唸書吧。」

「最好是。」她輕輕地笑出聲。我們兩人肩並肩走著，朝竹竿走去。這段日子，都是由他帶我們回牢房。

「對了，柯羅諾斯先生沒有給你書要你回去讀嗎？」

鼠麴看著兩手空空的我說。

「沒有。他知道借我我也不會看，再說如果我真的要讀，跟妳一起看就好了。」

「是嗎？那我可要好好督促你才行。」

「啊，那就麻煩妳了。」

我好希望這樣的對話能一直持續下去。我已經沒辦法再向鼠麴坦露心聲了，我沒辦法告訴她我心中的恐懼，那自心底而生的悲哀，也只能沉澱在心裡。

深夜，我還是會陪鼠麴一起讀書。她閱讀的內容都是書商白天時指定我們閱讀的範圍，只是因為她來不及唸完，只好把作業帶回牢房。

偶爾遇到不會的字，她會問我怎麼唸，我常常不知道該不該告訴她。就像考卷一樣，我害怕傷害她的同時，又擔心她沒弄懂會無法面對書商，這樣的矛盾一直存在於我的心中，就像被一塊大石頭壓得胸口喘不過氣，我的內心沒有一刻不被罪惡感所折磨。

即便我努力想壓抑這樣的情緒，但似乎還是被鼠麴發現了。漸漸的，她問我問題的次數變少了，我們也不再互相討論題目的答案。拿到書商出的作業，總是各自寫完各自交卷，從不會過問對方的成績。

我想告訴她別在意我，我只是無法原諒自己，我只是走不出心裡的坎，但鼠麴很溫柔，她讓我連開口的機會都不會有。

只有一次，她告訴我她想放棄了，她認為再怎麼讀自己都沒辦法進步。她不敢再抱有任何期望，與其給她期待的機會，不如一開始就讓她知道希望不存在。

「我真的很羨慕你，只要輕輕鬆鬆就能把所有字記起來。」

當她這麼告訴我時，臉上的笑容看起來無比寂寞。

「我覺得我已經完全跟不上你了。」

那也是唯一一次，我不知道該如何回應鼠麴。

在那之後，我們仍然如往常一樣，和牢裡的大家聊著天，她也會讓我待在她身旁陪她看書，只是彼此之間討論書的機會變少了，就只是這樣而已。

鼠麴總是讀書到天明才因為不忍睡意而闔上眼。有一次她起得比誰都晚，忽然間，我才發現她的臉上殘有尚未乾涸的淚水。

我沒有過問原因，而她似乎也沒發現自己哭了。當竹竿來找我們時，她依然願意拉著我的手，和我一起走出牢房。

我有我的煩惱，她也有她的苦楚，只是我們不會對彼此述說內心的不安。

她不願說，我則是不配說。

8

書商將試卷還給我時，上面有三道題目被畫了「X」的記號，意味著那幾題錯了。

「現在就算讓你看專業領域的教科書或是艱澀的文學作品，大概都沒有問題了。」他說。

其實我知道那幾題的正確答案，我是故意答錯的。

靜謐的午後，我待在房間裡，身旁放著那本字典以及我最近在讀的書，內容是講述舊時代各個民族的特殊喪葬習俗和儀式。

「鼠麴呢？」我問。

「她的成效沒有你好，這點你應該是知道的。」

「那你應該花更多時間在她身上。」

「即使我教導你們文字，也不代表市儈的商人會有躋身杏壇的渴望。」

「看來你很有自知之明。」

可能是因為讀過的書變多了，我能聽懂的詞彙也變得越來越多。如果要說讀書真的帶給我什麼好處，那就是讓我擁有更多挖苦他的機會。

「因為這是美德。」

他確實擁有一抹優雅的笑容，但正因為我深知他的本性，才會對那笑得比誰都完美的笑容感到噁心。

「只要你想，隨時可以離開。」

他忽然說道。

「我知道你的心思，試卷上的成績只是一種假象，你能讀懂的部分，遠比題目所問你的還多。即使還有不足，那也可以等你成為學徒後再慢慢補強。」

我怔住了，好一陣子，兩顆眼珠都只能盯著他討厭的嘴型發愣。

於是他繼續說：「你們之所以不用工作，是因為我向這棟宅邸的主人買下你們全部的時段，無論是有形的財產或無形的信用，都是一筆開銷。一旦你準備好了，就沒必要再此久留。」

「如果你不帶鼠麴一起離開，我是不可能跟著你走的。」

「我明白。」他說：「我們都在考驗彼此的耐心。你確實向我展現了遠超出普通孩童的文字天賦，甚至連鼠麴這種有知識背景的孩子都不如你，所以你也擁有與我談判的籌碼，不過不用為此煩惱，我的耐心遠超乎你的預期，我會這麼說，純粹是為了你好。」

「為了我好？」

「鼠麴總是會和我分享她的煩惱。」

我追問他是什麼意思，但書商沒有再開口，而是來到窗前。正午的陽光照在他的臉龐上，那雙眼就像是睡著了，總讓人無法參透他的情緒。

我想起他的話，他說無謂的感情只會讓人受傷，也許情緒這種東西，打從一開始就不存在於這個男人身上。

我扔下手邊的書，走到他身邊，與他一同望向那片我已見過無數次，逐漸開始生厭的庭園風景。

今天十四他們也有比賽，不過站在空地中央的人不是十四，至少，那個戴著豬頭面具的少年沒有出現。

兩個戴著頭罩和面具的男孩分別手持一根長竹竿，各據空地一角，相互對峙。竹竿前端沒有綁上任何銳器，就只是一根普通的長竿子。

他們用長竿試圖敲打對手的腦袋，或是刺對方的胸部，偶爾粗心的一方會被絆倒，這時肚子就會迎來一陣亂捅。由於沒有一方能造成決定性傷害，這場戰鬥想必會十分漫長。

圍籬內的孩子慘叫得越大聲，觀眾們的情緒就越激昂。

隔著窗戶目睹這一切的我，內心早已開始麻木。

「不管最後是誰贏了，那孩子不久後也會死去。」

我抬起頭看向他，書商用冰冷的語氣說：「鈍器造成的傷，外表看不出來，但內臟有可能已經破裂，正在流血。放著不管的話，是撐不過今晚的。」

「是嗎？」

接著，他問道：「看到這些孩子的遭遇，你有什麼想法？」

「我沒有想法。」我搖頭。「這個問題和書也有關係嗎？」

「沒有關係，你可以不用顧忌地給予答覆。」

但就算他這麼說，沒有想法就是沒有想法。我已經不是第一次看他們讓小孩在圍籬裡廝殺了，我相信書商也不是。

我告訴他，我不知道。

「那我換個問法。」

忽然，他轉過身推了我一把，一股壓倒性的重量正抵著我的鎖骨。

「我說我買下了你所有的時段，你真的明白這代表什麼意思嗎？」

回過神來，我才發現自己被他壓在身下，無法動彈。隨著他胸膛的起伏，我甚至能感受到他的呼吸。

「代表我可以像其他客人一樣對待你。」

「是嗎？」

結果我還是只擠得出這句話。

「鼠麴說，你第一次接客時讓客人吃足了苦頭。那告訴我，如果我現在撕開你的裙子，你會怎麼做？」

「我什麼都不會做。」

我只會繼續像這樣躺著，直到你滿足為止。

因為這才是我原本的工作。

「是嗎？」

同樣的台詞，不過這次是由他說出口。

我看出他的臉上閃過一絲失望，我知道他期待著什麼樣的答案。於是我告訴他，如果今天躺在這裡的人換成是鼠麴，我會殺了他。

「即使我能給她自由？」

「即使你能給她自由。」

我說。

「因為你和其他客人不一樣，你讓她產生了感情。」

而我只是海螺，一直都是。

我不知道自己為什麼會說出這種話，連我都感到訝異。明明一直以來，我都很小心地忽視掉所有從鼠麴口中提到有關書商的話題了。我不知道為什麼我還會這麼認為，認為鼠麴注視的人不是我，而是他。

可是我真的好討厭這個男人。他的笑容、他的聲音以及他所有一舉一動，都讓我恨之入骨。

忽然，他爆出笑聲。

他坐起身，撫著自己的額頭，肆意地笑著。這是我第一次從這男人身上看見其他情緒，那是相當狂傲的笑聲，迴盪在整個房間裡，他的聲音與那極盡嘲諷的面容，就像是在戲弄人一般十分刺眼。

「你笑什麼？」

書商沒有直接回答，而是向我伸出手，我沒握住他的手，自己爬了起來。

「當我聽說這裡有個孩子曾經是城主家的千金時，我很擔心她會被這棟宅邸的一切摧毀，但很幸運，鼠麴不是那樣的孩子，她夠堅強，也有成為一個商人應該要具備的思維——」

「那你應該現在就帶她走。」我打斷他的話。「而不是繼續浪費時間在我身上。」

「相較之下，你有讓人欣羨的天賦，卻太過天真，幾乎可說是愚蠢了。你對鼠麴的依戀只適合一九六〇年代那些早已死去的人。倘若將來你成為了書商，這些無謂的感情都是你必須拋下的累贅。」

「就告訴你我不會成為你的徒弟了。」

「是，你或許不會。」書商笑著說：「但你希望能活下來，對吧？」

窗外的兩個男孩已經決出勝負。戴著紙箱頭盔的男孩整個紙箱都被戳爛了，倒在地上動也不動，戴著面具的男孩則坐在一旁，大口地喘著氣，身上滿是剛烙下的新傷。

我望著他們，心中只有一片啞然。

當天晚上，附近的牢房傳出慘叫聲。如書商所預料，那個獲勝的男孩最後還是死了。據說是熟睡到一半，嘴巴裡忽然流出大量的鮮血，驚醒了臨床的孩子。看見竹竿把那孩子的屍體從牢裡拖出來，我才徹底明白，這場戰鬥根本沒有贏家。

書商問我，對於這些孩子的遭遇有什麼想法。那時我沒聽出他問題的涵義，他其實是想問我，如果今天換成是我站上那片空地，我會怎麼做。

結果，我還沒有想好問題的答案，幾天後竹竿便走進我的牢房，要我滾出去。

「是書商找我們嗎？」我向他問道。

「只有你，沒有鼠麴。」

竹竿冷冷地說：「已經決定了，你得參加下一場比賽。」

「什麼比賽……？」

和我一同走出牢房的還有十四。

竹竿看了十四一眼，沒有再多說，而十四也沒有表露絲毫驚訝，好像本來就知道會發生什麼事。

沉默取代了所有答覆，卻讓我瞬間明白發生了什麼事。

「喂，這也太突然了吧？這傢伙是我們這邊的人耶。」

在我出聲前，風信子就先替我抗議。

「從今天起不再是了。」

我看向牢房裡的眾人，大家都露出既驚訝又哀傷的表情。畢竟每個人都很清楚參加比賽的小孩最後會有怎樣的下場，尤其對手還是那個已經活過無數場廝殺的十四。

這段期間，我已經和大夥兒變得熟稔起來。風信子依舊熱衷於數落我，菖蒲則喜歡聽我成為潤餅小童前的故事，就連害羞的扶桑偶爾都會找我談心。

其中最讓我無法割捨的，就是鼠麴。

鼠麴坐在角落，抱著自己的雙腿。我強忍住心中的不安，逼迫自己堆起笑臉，告訴她一切都會沒事，而她只是低下頭，不發一語。

風信子正試圖擠出鐵欄間的空隙，但不管她多麼努力，還是只有一隻手臂懸在外面。我想握住她的手，但我知道這麼做只會害她也被責難。

「沒關係，我不會有事的。」

我如此告訴風信子，她才願意把手縮回去。

竹竿提著油燈走在最前頭，在他身後的是十四，我落在最後面。耳裡，依然能聽見風信子的叫喊聲。

我和十四說過幾次話，雖然稱不上是聊天，我們之間也不存在友誼，但我認為那只是因為十四的工作讓他不被允許擁有朋友。每次他被帶回牢房時，那滿是虛無的空洞雙眼總是盯著自己身上的血汙發呆，實際上，他也一直承受著遠超出他所能負荷的痛苦。

離開地下室後，這次迎接我們的不是那個負責清潔的老太婆，而是一個老頭子。我對他的臉有印象，就是那個把戰敗孩童的屍體扔上拖車的人，每次比賽結束後都是他負責清理環境的。

老頭子上下打量著我，大概是我那身白色洋裝吸引了他的注意。他向竹竿問：「這孩子是犯了什麼錯？」

「你只管把他送上場就行了。」

男人就只回這麼一句。

老人沒有追問，只是稍稍瞇起了眼睛。我看不出來他是對我表露同情抑或譏諷。

也許他根本不在乎。

竹竿離開後，我們和老人一同步出宅邸。這是我第一次來到庭院，烏黑深沉的天空正下著毛毛細雨，暗濁的色調卻不減群眾們的興致。他們圍在木柵欄外，等待即將到來的饗宴。其中幾個人注意到遠處的我們，目光流露出與我過去接待的客人截然不同的飢渴。

老頭將我們帶到獨立於宅邸的房間。房間籠罩在一個透明的玻璃罩下，絕大多數的玻璃已經粉碎，改以帆布取代，但我還是認得出來這原本是一間溫室。

溫室裡沒有種植蔬果或花卉，而是擺放著許多老舊的貨架。貨架上陳列著各種不同類型的武器，還有面罩，其中當然也包含十四總是戴著的那頂豬頭面具。

「挑你順手的用吧。」老頭說。

架上的武器多半都是用廢鐵拼裝而成，有的刀柄和刀刃間只用一條麻布纏著，感覺只要輕輕一碰就會分成兩半。

我偷偷觀察十四，他幾乎沒有任何猶豫便取走架上的一把砍刀。我依稀覺得那把刀有點熟悉，直到看見上面的血跡，我才想起那就是我第一次看見十四戰鬥時，他用來殺死對手的武器。

「知道規則嗎？」大概是察覺我的視線，他問道。

「只要殺掉你就好，對吧？」

「嗯。」

他應了聲，接著戴上豬頭面具。

「難道沒有其他方法嗎？」

「什麼意思？」

戴上面具的他聲音聽起來很朦朧。

「沒有人死掉的方法。」

「沒有。」他說：「觀眾就是想看這個。當然，我可以把你弄得半死不活，但沒有意義，你最後還是會死掉。」

「你好像篤定你會贏。」

「當然。還記得我跟你說的嗎？哪天要是你到我們這邊來，我一定讓你死得很難看。」

「我不會輸的。」我說。「我一定得活著回去。」

「為了鼠麴嗎？」十四問。

「嗯。」

十四的豬頭歪向一邊，笑聲從粉紅色的鼻孔裡發出來。

「你真是笨蛋。你有沒有想過自己若是死了，鼠麴就能自由了？」

「你是說……」

「只要你死掉，那個男的，嗯，是叫書商吧？他就會帶走鼠麴了不是嗎？」

「……你為什麼會知道？」

十四沒有回答，而是拍了拍我的肩，徑直往溫室的出口走去。

我望著他的背影，胸腔猶如被壓扁一般喘不過氣，如冰霜般令人戰慄的涼意沁透我的四肢。

難道他偷聽我和鼠麴說話？可是，我從來沒告訴過鼠麴自己很可能會取代她的事，我是不可能說的，所有會讓她傷心難過的事情，我都絕對不會告訴她。

那十四到底是聽誰講的……？

恍惚間，十四的身影已經消失，留下門口的老人正不耐煩地踱著腳。這肯定是賽前十四為了擾亂我的注意力而故意拋出的陷阱，我如此說服自己，一旦落入他的圈套，那等等被殺死的人就肯定是我了。

我咬緊牙根。鼠麴的容貌在我腦海中顯現，我一心只希望她能幸福，期望她能揮別這座宅邸籠罩在她身上的陰霾，重新掌握自己的人生。或許十四說得對，只要我死了，書商就會不得不選擇她，屆時她就能迎來真正的自由。

但事情真的會如此順利嗎？

原本和鼠麴她們住在同一側牢房的我，忽然被要求和十四廝殺。這原本不該是我的工作，何況書商前陣子才告訴我，只要我想離開，他隨時都會替我贖身。既然如此，宅邸的大人們又為何挑選我作為殺戮的祭品？

在搞清楚原因前，我不能死。

我必須活著去見鼠麴。哪怕是最後一次也好，哪怕那名字從頭到尾都不屬於我，我還是希望她能再稱呼我一次海螺。

我不想死。

我撿起靠在架子旁的球棒。球棒是金屬製成的，比普通的木棒還輕。就算造成不了太大的傷害，考慮到我的力氣，已經算是相當稱手的武器了。

就決定是它了。我在心中默默想著。

接著我又挑了一頂曲棍球面具。只有面具卻沒有頭盔，根本起不到保護作用，老頭子告訴我戴面具是規定，因為那些觀眾害怕看到小孩死掉時兩顆眼珠瞪著他們的樣子，不然大家巴不得看到上場的小孩被打得頭破血流。

我將附著在面具上的血塊剝掉。聽見這樣的理由，我卻不感到憤怒，我想，一種過去曾存在於我心中的東西恐怕早已死去，如今我也想不起它究竟是一種情感還是一種信念，一切都顯得無所謂了。

「走吧，別讓觀眾等太久。」

看見我挑好裝備，老人說。

我們沿著庭園的紅磚路走著，沿途開著五顏六色的花卉，蟲蛀過的葉片上留著如燒焦般的難看痕跡，但在盛開的花簇下顯得微不足道。

來到圍欄前，周圍聚集著十幾名男女，有看起來不過二十歲的小夥子，也有七老八十的老太婆，每個人瞳孔中都無一燃燒著狂熱。他們呼喊著十四的名字，要十四待會兒別太快撕碎無名的我，而豬頭少年就站在場中央，揮動手中的刀刃。

「為了大家的興致，你別太快死了。」

老人拉開柵欄的木門，催促我進去。整座圍欄直徑大概是五公尺，周圍都被約一公尺高的木樁環繞著，木樁的尖端還削成尖刺狀，防止人逃跑。

「走進來後就沒有逃出去的機會了。」看見我提著球棒走進空地，十四說。

「我知道。」

「剛剛老頭子帶你走那段紅磚路時，是你逃跑的最好機會。」

「那你為什麼不逃？」

「因為我知道逃不掉。」

十四的語氣變了，與平時暴躁的他不同，口氣異常地沉著冷靜。

他沿著空地邊緣緩步走著，刀子刮過木樁，削出一片又一片木屑。我知道他還沒打算發動攻擊，但也不想放鬆警戒，始終和他保持著最遠的距離。一旦他撲向我，我必須能在第一時間反應。

「我本來早該死了，因為排在我前面還有一個人，他的編號是六號。六已經把我前面所有人全部宰了，我知道下一個就輪到我。」

我不知道十四為什麼要突然告訴我這些。

「我們比賽那天，也是像現在這樣的天氣，下著該死的毛毛雨。我老早就選好了武器，一直都是這把刀和這頂面具，六則和你一樣，在那間倉庫裡摸了很久。」

十四說他在空地裡等了很久，但六的身影始終沒出現。

「後來我才知道，他殺了帶我們去倉庫的人，想逃出這棟房子。」

「然後呢？」

「結果當晚我就見到他了，在我們吃飯的碗裡見到。你明白嗎？這就是我們的命，怎麼反抗都是沒用的。」

十四說完，甩了甩砍刀，說：「既然早晚都要死，那至少讓我死在這裡。」

「但不會是今天吧？」

「嗯，不會是今天。」

說完，他一個箭步朝我衝來，揮出手中的砍刀。我舉起手中的球棒，但他的速度明顯在我之上，我來不及做好準備，刀刃與球棒碰撞，擦出巨大的金屬敲擊聲。球棒的末端因為反作用力而打到我的肚子上，強烈的嘔心感自喉嚨深處湧出。

「我不會讓你死得太漂亮，因為我非常討厭你。」

「我知道。」

我重新踏穩腳步。刀刃改從頭頂處落下，我再度用球棒防禦，但這次刀鋒不僅僅是掠過，整把刀連同十四身體的重量都灌注在尖峰上，幾乎在球棒接觸到刀尖的瞬間，球棒立刻變形了。

「那座倉庫裡盡是些不中用的破銅爛鐵。」

十四面無表情地說著。只擋下他兩次攻擊，我便感到雙手發麻，對他而言卻連熱身都算不上。

「拿著那種東西，只說明你根本沒做好覺悟。」

緊接著，第三刀。

這次是從我的左腿到右手臂，由下而上揮來。大概是看準我左手拿著球棒，研判這個角度不好防禦才如此攻擊吧。

砍刀再次擦過球棒表面，刀鋒順著球棒的切面刮過握柄處，我完全承受不住他的攻擊，球棒從我手中飛出，落到圍欄外的觀眾群裡。我聽見慘叫聲從人群中傳來，但我無暇理會。

十四絲依舊不給我喘息的機會，在球棒脫手的下一刻，他忽然停下動作，將揮出的刀刃重新向下揮擊。我的胸口與刀尖擦過，刺痛感讓我下意識地咬住唇瓣。

不過機會也在這時候來臨。

十四的砍刀插入泥土中，我立刻提起腿用力往刀刃與刀柄的連結處一踢，刀柄立刻彈出，直撞向對面的木樁。

「你……」十四看著斷成兩截的砍刀，隨後又搖頭道：「你只是在延長自己的痛苦而已。」

「隨便你說吧。」

我還是不懂驅使我們相互搏命的理由到底是甚麼。

失去了武器，十四改用拳頭。我勉強閃過直衝向我腦門的左拳，卻沒閃過瞄準我側腹的右拳。衝擊將我打倒在地，內臟彷彿被自己的骨頭刺穿般發痛，場外的觀眾再次爆出歡呼聲。

「反正你也活不久了，我就告訴你吧。」

十四走到我的身旁，將我的腦袋踏入泥土中。

「否則就這樣死掉，實在太悲哀了。」

我試圖掙扎，結果左手也被他的另一隻腳踩住。他扭動左腳，就像要把黏在腳底的髒東西抹掉一樣，更多的鮮血從傷口中流出。

「你和我的比賽，是有人刻意安排的。」

「這我早就知道了。」

「不，你不知道。你連自己是為了誰和我戰鬥都搞不清楚。」

好痛。

「再告訴我一次，你為什麼想活下去。」

和在地下室被鞭打相比，此刻身上的傷根本不值一提，卻還是覺得好痛。

「說啊！說你是為了誰！」

雨水融在泥土裡，逐漸浸透我的視線，眼前的一切彷彿沉入水底般朦朧。

「你當然答不出來。因為你害怕，你怕把你送上場的人就是鼠麴。」

「不……」

「這不過就是幾天前的事，在你和那個書商鬼混時，她偷偷跑回地下室告訴我的！說她已經安排好了，還拜託我一定要殺了你！因為你會害她贖不了身，所以得把你除掉才行！」

「你騙人，鼠麴不會做這種事。」
「我早跟你說過了，能和大人談條件的只有鼠麴。既然她能代替你接客，當然也可以讓竹竿把你弄到我們這邊來。」
「胡說八道。」
大概是雨聲蓋過了我的抗議，沒能傳進十四耳裡。我說服自己這都是十四為了瓦解我的士氣刻意捏造的謊言，全部都是假的。鼠麴不是這種人，她將我視作失散的弟弟，如同家人一般，她絕對不可能這麼對我。
但我的胸口還是好痛。
「如果你真的喜歡鼠麴、真心為了她好，那拜託你，就死在這裡吧。」
說完，十四又加重了踩踏我腦袋的力道。
我拚命在腦中搜索和鼠麴的回憶。不這麼做不行，我必須相信鼠麴，否則十四的話語早晚會將我吞噬。
然而，我卻想不起來鼠麴最後一次叫我海螺是什麼時候的事了，反而是書商的話清晰得猶如在耳中迴響著。
——但你希望能活下來，對吧？
是啊，我是如此盼望著，不論是以前在巷弄裡的日子，甚至成為潤餅小童，乃至於被帶來這座宅邸，我一直都是這麼想的。我騙了桌腳也騙了鼠麴，我其實一直都希望能活下去。

回頭已經沒有意義，不該再被過往的事所束縛，我停止回想，將鼠麴的面容和書商的聲音驅離我的思緒。

和赤裸上身的十四不一樣，我還穿著白色連身裙，即便它已沾滿汙泥。

我將右手伸進連身裙的袖口，拿出一把小刀，接著奮力扭動身體，將小刀刺進十四的小腿肚。

「你這混蛋！」

十四發出哀號，群眾們傳來驚呼。

他踉蹌地往後退，屈膝試圖把插在小腿上的小刀拔出來。

我知道機會來了，旋即拔起插在泥土中的刀刃。

「殺了他！」「快！殺掉他！」「快動手！砍他的脖子！」

觀眾此起彼落的叫聲就像不協調的合音。我趁十四還沒起身，朝他跪倒的方向奔去。

「殺掉他就贏了！」「記得用力砍！」

我奮力一跳，跳上他的肩膀，踩著他的脖子。尖銳的木樁在我腳下越過，而在我正前方的，是一個穿著華美服飾的中年人。

中年人看見我手裡的刀刃，露出驚恐的表情，緊接著，他的脖子就被開了一道巨大的裂口，扭曲的五官永遠凝滯在他肥胖的面容上。

人們還沒意識到發生什麼事，呆愣在原地，看著鮮血從男人的脖子噴出，接著我再次揮刀，又一個女人的嘴被我削去。

雨水落在庭園裡，那些有豔麗色彩的花朵卻散發著濃烈的腐臭味，他們像臉上的汙泥一般附著在我的身上。

我的左手滿是鮮血，自己的和別人的。刀刃的砍刀在刺入他人身體裡的同時，也在我的掌心磨出更多鮮紅的液體。

「這孩子瘋了！」

在第四個人倒下時，終於有人發出慘叫。我從連身裙裡掏出好幾把刀具，都是我在倉庫裡偷偷拿出來的，我用鬆脫的線頭將它們綁在衣服裡，原本只是想用來當作對抗十四的手段而已。

折刀、蝴蝶刀、刨刀甚至錐子，所有尖銳、可以用來傷人的武器我都帶上了。我快速在逃難的人群間穿梭，只要距離夠近，我就會將刀子刺入他們的身體裡。

我無意殺死任何人，我只是要製造混亂，讓他們感到恐懼，但如果真的有人不幸死於刀下，我也不在乎，反正這裡沒有人是無辜的。

不管是負責接客的孩子，或是倒在圍欄裡的孩子，他們流過的淚水與鮮血，都遠比今天這群人所流的還要多。

「那小鬼在哪裡！」

觀眾們散去後，取而代之的是宅邸的大人。他們拿著簡陋的武器，搜尋我的身影，同時抬走倒地的傷者，庭園充斥著慘叫和怒吼聲。

我知道這是逃出宅邸的好機會，但我還不能這麼做。我必須利用這場混亂，終結我們所有人的可悲命運。

宅邸的地下室沒有人看守，我幾乎不費吹灰之力就潛入其中，我拿走掛在門邊的鑰匙，衝到我的牢房前。

「鼠麴！風信子！」

「海螺？你怎麼……發生什麼事了？」

風信子還不知道發生什麼事，慢條斯理地從地上爬起來，一臉狐疑地瞪著我。

牢房裡沒有鼠麴的身影。

「沒時間解釋了。」我將牢房的鐵門打開。「鼠麴呢？」

「在你走之後不久，鼠麴也被帶走了……」

「被帶走？是書商嗎？」

「我不知道啦……到底是怎麼了？隨便亂拿鑰匙的下場很淒慘喔。」

「已經沒關係了，你們快點出來吧，要逃跑就只能趁現在了。」

我將自己被帶走之後發生的事情全都跟風信子說了，告訴她宅邸現在陷入一片混亂，大人們全部都在搜尋我的下落。

「你真是瘋了。」

風信子沒有猶豫太久就接下我塞給他的鑰匙。我知道她的心中仍存有迷惘，可是已經沒有時間再讓她猶豫了，錯過這次機會，這一生都注定在這間牢房裡度過。

「你去找鼠麴吧。」她說：「這邊交給我就好。」

「拜託妳了。」

「如果逃出去有機會碰頭的話，說不定我們……」風信子頓了一下，又搖搖頭道：「算了，先逃出去再說吧。」

她張開雙臂將我擁進懷中，接著又粗魯地把我推開。

「快滾吧，鼠麴還在等你呢。」

我跌跌撞撞地離開地下室。回過頭，已經有好幾個孩子帶著迷茫的表情步出牢房。菖蒲和扶桑揮動著小小的手掌，向我道別。

肯定是書商帶走鼠麴了。

我小心避開在走廊上巡邏的大人，來到鼠麴的書房。

書商就坐在窗前，他身後依然是那片陰鬱的天色。

「你似乎大鬧了一場呢。」他緩緩地揚起單邊臉頰，泛出笑容。

「鼠麴在哪裡？」

「去接客了。」

「接客？」我睜大雙眼，不敢相信自己聽見了什麼。

「把衣服脫掉。」

「你到底在說什麼？」

「想活命就照我的話做。」

疼痛以及緊張的情緒都在阻礙我的思考，我似乎也沒有遲疑的餘地。就在我脫掉身上的連身裙時，書商忽然將我拉到他的身邊，並把我的頭埋進他的雙腿間。

「你——！」

「柯羅諾斯先生！您有沒有看到一個……啊……」

門板被推開，我聽見男人的聲音。

「沒有。」書商說：「不好意思，只有這段時間，我希望能不被任何人打擾。」

「是，非、非常抱歉……但請您務必小心，有個男童正在到處砍殺無辜的人，我擔心您被——」

「我會的，謝謝你的善意。現在，請你離開。」

男人再次道歉，書房門再度被關上。

確認安全後，我奮力抬起頭，怒視著他，而他只是用一副無所謂的眼神看著我。

「不這麼做你會被他們殺掉。」

「告訴我鼠麴去哪裡了，你說她去接客是什麼意思？」

「不用著急，先把衣服穿上。」他指著牆邊的衣櫃說。「既然我們沒有要同寢，那還希望你能維持談話基本的尊重。」

我知道他只是在戲弄我，實際上他根本什麼也不在乎，悲哀的是我也只能隨他擺布。我從衣櫃裡翻出一套合身的舊衣服，書商說萬一不幸被發現，這身裝束也能暫時掩人耳目，總比套著染紅的連身裙要好。

「知道你被安排參加他們的遊戲，我原本是感到可惜的，畢竟你花了許多時間讀書，而這些知識很快都會隨著你的腦花流到泥土裡。」

在我換衣服時，書商說：「不過換個角度一想，若是你沒辦法讓自己活命，就算以後我把你帶出宅邸，你也撐不了多久。」

「所以你明明知情，卻還是放任我去送死。」

「不。」他說：「就結果而言，你沒有死。這局是我贏了。」

「廢話已經夠多了，你還沒回答我的問題。」

「是呢，比起自己的生死，你更在乎那女孩。至少你是這麼告誡自己的，但真相又是——」

「少廢話！快回答我！」

我揪住書商的衣領，朝他吼道。

他用宛如憐憫般的眼神俯視著我，像嘆息般呼出一口氣，再輕聲說道：「我告訴宅邸主人，我放棄她了。」

啊……

恍惚感油然而生。

書商繼續開口道：「我說，如果你能活過那場遊戲，我就會替你贖身。至於鼠麴，隨便他們處置。」

「可是你……你說學徒不一定只能有一個，鼠麴她——」

「如果她夠優秀，我當然樂意買下她，但就結果而言，她沒有成為學徒的資格。」

她沒有成為學徒的資格。這句話重擊我的心扉。

不可能的，不該是這樣的。我咬緊嘴唇，低聲呢喃，抓著書商的雙手也在無意識間鬆開了。

「知道這筆生意破局後，宅邸主人自然會讓她重操舊業，畢竟再怎麼說也是這裡最受歡迎的孩子。」

「跟我一起去找她。」

「嗯？」

「我說，跟我一起去找她！」

「勸你最好別這麼做。如今再讓你們見面，只是徒增彼此的痛苦。」

「少廢話，跟我走就是了。」

我抓起扔在一旁的刀，指著他的胸口。

沒想到書商反而抓著刀尖，讓刀刃抵著他的心臟，白手套滲出暗紅色的血液。

「你真的認為拿著棒棒糖的孩子有辦法與這可悲的世界對抗？」他笑著說，「別緊張，我並沒有打算拒絕。」

我和書商離開房間。就跟我想的一樣，宅邸裡的大人們一見到書商都會維持著畢恭畢敬的怯弱態度。我將刀子藏在背後，因為換過衣服、臉上的血也擦掉了，更何況根本沒幾個人認得我的臉，只要我待在書商身邊，就不會有人懷疑。

在他們眼中，我們不過是一對尋歡客與孌童。

我推開每一間門板上刻有數字的房間，尋找鼠麴的身影。許多客人和孩子都還不知道宅邸發生了甚麼事，直到見到我手上的刀，他們才拖著光溜溜的身體向我跪地求饒。

「快逃吧，能逃多遠就逃多遠，你自由了。」

我對每個孩子都這麼說。有些人仍懵懵懂懂地愣在原地，有些則立刻掌握狀況，從我身旁奪門而出。

「打破鐐銬的人要承受的代價往往比奴役者還大，你的善意或許會成為他們人生的惡意。」

「少說風涼話。」

書商一路跟著我，對於我的所作所為，他完全沒有插手的打算。如果我被惱羞的客人壓倒在地，他也不會介入，只會在一旁靜靜地看著我手上的刀塗上一抹又一抹的鮮紅。

每一次闖進房間，我都會大喊著鼠麴的名字，即使每次等待我的都只有失望，我還是確信，鼠麴一定就在某間房裡等待著我。

終於，當我推開編號三〇六號房時，裡頭傳來了回應。

「是誰？」

是鼠麴的聲音，我不可能聽錯。

「鼠麴！是我！我來救妳了。」

一個赤裸的男人驚慌失措地跳下床，朝我衝來。在他來得及發出任何聲音前，我便劃開了他的肚子，他捧著自己流出的內臟跪倒在地。

「咦……？」

床上的鼠麴衣衫不整地呆望著我。我知道我嚇到她了，但我沒有選擇，我一心只想著要趕快帶她離開這裡。

「快點！鼠麴，有什麼事待會兒再說！先離開這裡吧！」

男人趴在地上，血泊逐漸在她周圍形成。我向鼠麴伸出手。

「不……」

她的表情與其說是驚訝，不如說是困惑。

「不對，不該是這樣的。」

我以為我聽錯了，才發現淚水已經在她的臉上潰堤。

我告訴她沒時間猶豫了，但她仍然沒有握住我的手。

「你為什麼沒有死……？」她像呢喃般說著。

「鼠麴？」

「十四呢？他不是應該殺掉你了嗎？你為什麼沒有死？」

「妳在說什麼啊，鼠麴？我打敗十四了，因為我還想和妳一起——」

我以為我聽錯了，忽然一個枕頭朝我飛來，我沒能閃開，它就這樣打在我的胸口，掉到地上染上了鮮血的顏色。

「我明明拜託竹竿也拜託十四了！請他們一定要把你殺掉！為什麼你還活著？」

我愣住了。

但我知道一定是哪裡弄錯了，我所知道的鼠麴才不會說這種話。我撐起笑容，想牽起她的手。

「是我啊，海螺。妳忘了嗎？我沒有死，我逃出來了，風信子他們也是，大家都自由了！」

「不准你用他的名字！」

她撥開我的手，哭著朝我喊道。

「就算逃出去了又怎麼樣？我已經沒有家了，根本不知道該怎麼活下去，到頭來還是會死掉或是被抓回來！明明被選上的人就是我，明明應該是我成為書商學徒的，都是你，都是你害的！是你把機會從我身邊奪走！是你毀了我的人生！」

她的哭聲迴盪在房間裡。

「不，不是的，鼠麴，我只是想幫妳……我比誰都希望妳自由，我比任何人都希望妳幸福。」

「真的嗎？」鼠麴直直望著我，我似乎看見她眼角浮現的一絲喜悅。

「真的。」

「那如果你真的是為了我好，拜託你現在就去死！」她痛苦地抽泣。「用那把刀刺自己，快點！拜託你，求求你去死吧，不然我真的不知道該怎麼辦了，求你了，快去死吧……」

每一句話，都毫無保留地傳進我的耳裡。

但即使如此，我依然無法討厭她，我還是喜歡著她。

我轉過身，跪在一直保持沉默的書商面前，求他也一併帶走鼠麴，為此我願意付出任何代價。

「這是不可能的事。」

我抬起頭，書商俯視著我。

「我買下的是你，不是她。」

他沒有刻意壓低音量，只是很自然地用那毫無起伏的語氣說著。

「我沒有理由帶走那孩子，我不需要她。」

鼠麴的哭聲綿綿不絕，我回過頭，看見她哭紅的雙眼中依然充斥著對我的恨意，恨意也讓她的臉龐變得扭曲。

我拿起手邊的刀，將刀尖緩緩埋入自己的腹部。

「這樣呢？」我說。「如果你不願帶走鼠麴，也不要想帶走我。」

書商看著我，輕聲說道：「那隨便你吧。」

接著，他猛地抓起我的脖子，將我高懸在半空中。

「但如果你執意要做，不用這麼麻煩，我可以現在就扭斷你的脖子。我不會為自願尋死的人感到惋惜。」

他的臉上沒有一絲動搖，我很確信只要我一點頭，他便會立刻奪去我的性命。

「不過就算你死了，我也不可能帶走那孩子。我說過了，她對我沒有用處。」

「夠了，不要再說了……」

拜託不要再讓鼠麴傷心了。

我發出乾啞的聲音，握住書商的手。

「柯羅諾斯先生在騙你！只要你死了，他一定會帶走我的！」

「鼠麴……」

「拜託你快點頭，讓他殺掉你好不好？只有這個辦法了，求求你！」

鼠麴向我哀求。她可能認為還有機會吧，她充盈著淚水的雙眼望著我，嘴角綻放出笑容。

「你不是希望我幸福嗎？那只要你死掉就好了，只要你死掉我就一定能幸福的，柯羅諾斯先生會帶走我的，他會讓我成為他的學徒，相信我！」

「鼠麴。」我說。

「你決定好了嗎？願意死了嗎？」

「可以再叫一次我的名字嗎？」

「你說海螺嗎？當然可以，海螺，你要聽幾次都可以，海螺、海螺、海螺……拜託你，真的拜託你了，趕快死吧。你不死，我不可能有機會的……」

鼠麴繼續呼喊著，喊著曾屬於她弟弟的名字。我的心好像被鑿開了一個大洞，自內心深處拂起的涼意猶如一陣風，將過去與她相處的點點滴滴帶來我的身邊。曾經願意為我露出笑容的她，或是替我悲傷、落淚的她，那些愉快的、難過的光景在灌入我心中的同時，也被壓得粉碎。

我握緊書商掐著我脖子的那隻手，搖了搖頭。

他稍稍瞇起眼睛，鬆手的同時我也摔落在地。我抬起頭，再次望向鼠麴，即使哭花了臉她也依然如我第一次見到她時美麗，唯獨蒙上臉龐的陰影流露出對我的失望。

「鼠麴，快逃吧。」我的聲音低沉到彷彿不像是出自我口中。「就算妳再怎麼恨我，我都希望妳能活下去。」

「……你不死了嗎？我不是已經喊你的名字了嗎？海螺！」

「那不是我的名字。」我說，「從來都不是。」

我拖著發麻的雙腿，緩緩走到門邊。走廊上空無一人，沾滿汙漬的地毯還有脫落的壁紙，廊道上的一切在視野中都變得模糊。

我踏出步伐，漸漸聽不見鼠麴的哭聲了。

宅邸外，雨依然下著。

有些來不及逃走的孩童被集中在庭院的柵欄裡，小孩的尖叫聲和大人的怒吼聲從四面八方傳來，卻像是隔了一層膜，聽起來虛幻又不真實。

不知不覺間，書商已與我並肩而行。我不知道離開宅邸的路，而他知道我想離開這裡，他漫步走著，配合我遲緩的腳步，不過對我而言，他更像是在向其他人宣稱我已經是他的所有物。

「事已至此，你不會再拒絕成為我的學徒了吧？」他說，「倘若你拒絕，就是白白葬送這個本應屬於鼠麴的機會。」

「我恨你。」

我用沙啞的聲音說著。

「你明明可以一起帶走鼠麴的。」
「是啊，但我沒必要這麼做。」
他瞇起眼睛，露出溫柔的笑容，輕撫著我的後腦勺。
「就算被你憎恨也無所謂，因為我要你一輩子都帶著這份愧疚感活下去。」
我沒有再接話，兩隻腿只是無意識地向前走著。濡濕的雨水替我洗去身上的血跡，陰冷的氣味嚐起來依舊是那般死鹹。
宅邸出口的大門就在眼前，但在我止住淚水前，這條路彷彿會無盡連綿而去。

※關於《蒼蠅王》
英國作家暨詩人威廉·高汀於一九五四年發表的長篇小說。講述一群困在荒島上的兒童在失去成人領導的情況下，如何自行建立文明體系，並在社會權力的利益與矛盾衝突下，見證人性逐漸崩毀的歷程。

〈死魂靈〉（原著：果戈里）

1

狗車駛入這片霧中，已經是第三天了。

冰冷的空氣混著雨點，穿過斗篷打到我的臉上，只要輕輕一擰，手裡的鞍繩就能擠出水滴。視野所及、雙手觸及的一切都吸滿了水氣。濃霧遮蔽大片視野，小二子踩著滿是泥濘的道路，狗鼻子不停抽氣，兩顆頭呼出的白煙像是雨，也像是雪。

「冷嗎？」

「還好。」後座的女孩回道。

「我是問小二子。」

我回過頭，看見紫虛身上裹著好幾件毛毯。她把自己的被褥裹在最裡面，最外層套著我的毛毯，真是聰明的旅伴。

「書沒有淋濕吧？」

紫虛微微掀開毛毯，貨台上的書籍全部被壓在她的雙腿下。

「但不保證不會發霉，畢竟是這種天氣。」

「那也是沒辦法的事。」

所謂的這種天氣，已經持續了至少兩天。

這裡地勢平緩，絕非高山丘陵，濃霧卻遲遲沒有消散的跡象，實在是相當弔詭的事。我甚至能在駕駛座上的小水坑裡撈到蝌蚪，到底是哪隻青蛙把卵產在這種地方？

我暗自發誓，接下來如果能遇到民宅，哪怕是廢墟也好，只要能有一個讓我休息烤火的地方我都會欣然接受。

不知是否我的祈禱奏效了，回過神來，霧氣似乎有散去的跡象。縱然視野中的景物仍籠罩在薄紗之下，但至少看得見輪廓，樹木的影子和山丘的稜角在一片白靄中若隱若現。

我們正走在一條尋常的鄉村小道上，兩旁有石頭堆成的矮牆，矮牆後方是廣大的農田，儘管田地沒有種植任何作物，雜草叢生，但既然有農田就會有穀倉，幸運一點說不定還能找到農舍。

我看見濃霧中有數個人影，便跳下狗車往人影走去，打算詢問他們走出濃霧的方法。

「不好意思——」

話說到一半，我便閉上了嘴巴。

那些在農田裡工作的農夫個個衣著整齊，頭戴草帽或是遮陽用的頭巾，然而帽緣底下，卻是具骷髏。

每一具骷髏都穿著農民的衣服，手裡握著農耕用的鋤頭或鐮刀，就這麼維持著生前的姿勢，站在田地中。

人類的屍體並不罕見，只不過這些遺骸的型態怪異。彷彿上一秒它們還是活生生的人類，下一秒就變成了一具骸骨。儘管變成了白骨，但屍體上還有尚未腐化的筋膜與肌肉，才導致骨架沒有散落一地。

「如何？」

回到狗車時，紫盧問我，而我只能搖頭。田地裡的每個人都早已死去，這片土地，怕是找不到任何活人了。

狗車繼續駛動。

好幾次，我都注意到遠方有類似建築物的影子，但礙於這些分隔田地的矮牆無法前去查看。雖然只要卸下貨車，小二子便能輕鬆跨過矮牆，只不過在這片霧靄中，我實在沒自信能循原路返回。

到頭來，還是只能沿著規劃好的道路前進。當然這並不是壞事，畢竟有道路的地方就會有民宅還有離開農村的方法，只不過是少了抄捷徑的機會而已。

不久，狗車開始爬坡，比起山岳路段，坡度還算和緩，直到我們穿過一扇老舊的鐵門，踩上石磚鋪成的小徑，我才意識到我們踏入了某座莊園。雖然夾道相迎的盆景裡只剩下叢生的雜草以及飛舞的蚊蠅，但宏偉的老宅院還是相當奪目。

我們循著分岔的石磚路找到一個小倉房，應該是過去宅邸主人用來停放汽車的地方。我們在那裡安頓小二子，也順道把被雨潑濕的書烤乾。雖然停車棚裡沒有燃油，可是卻堆著不少薪柴，只要成功升起柴火，棚內的溫度很快就能將身上的寒氣祛除。

荊棘爬滿了整棟洋房，尖尖的屋頂上還看得到風向雞。風向雞被雨點打得亂轉，彷彿能聽見轉軸久未上油的刺耳聲音。

「這棟宅邸肯定藏著不少東西，等身子暖和一點就進去看看吧。」我提議道，當然沒有過問同行旅伴意見的打算。

小二子正圍著火堆打盹。我從停車棚後的儲物箱裡翻出兩把塑膠傘，將其中一把交給紫虛。

「這不是快壞了嗎？」紫虛打開傘，透過傘上的洞，我們可以看見彼此的臉。

「那也比冒著風雨好。」

我們向宅邸走去。

踏上幾個石階梯來到宅院門前，我將門把上的藤蔓扯掉並推開門，刺耳的金屬摩擦聲隨之響起，但很快就被木頭的嘎嘎聲取代。

宅邸內一片陰暗，我舉高手裡的油燈，挑高的空間切割成一樓與二樓，十幾扇緊閉的門扉羅列在側。此外，還有一扇設在樓梯旁的小門，應該是通往地下室。

我將門一扇扇推開，廚房、飯廳、倉庫、浴室，除此之外，也有擺著撞球檯的娛樂室或嬰兒房。

每一間房間都積著厚重的灰塵，沒有生物的氣息也沒有發現人類的遺體，只有嗆鼻的霉味。

像這樣的宅院，房間的用途都會被分配得相當詳細，卻遲遲沒有找到最期待的閱覽室，讓我有點焦燥。

走出嬰兒房時，看見紫虛在通往地下室的門前朝我招手。

「我在下面發現了奇怪的東西，你最好來看看。」

我跟在她身後，來到地下室。地下室有許多木桶，像是一座酒窖，但木桶裡空無一物，積滿塵埃的貨架上倒是堆了許多化學藥品，用不同顏色的玻璃瓶謹慎裝著。我看不懂標籤上的文字，只知道最好不要隨意移動它們。

「這裡。」

紫虛跨過地上的碎玻璃，來到一張桌子前。桌上放著一口箱子以及一些不知名的工具，看起來像手術用品，在燈火照耀下輝映著金屬色的光芒。

與此同時，我也注意到角落有一把外型怪異的椅子，讓人聯想到過去處決犯人用的電椅，只是構造又比我在書上看到的更為複雜。許多功能不明的電線纏繞在椅子上，倒是沒看見用來束縛犯人的手環或腳鐐。

「箱子裡面有人。」

一名裸身的少女躺在箱中，雙眼緊閉，似乎是睡著了。

「你看仔細一點。」紫虛說。「她已經死了。」

我將她交疊在胸口的雙手舉起，發現從胸部到腹部的地方有一道難以忽視的縫線。縫線穿刺的肌膚周遭沒有腫脹也沒有癒合的跡象。

我輕壓她的腹部，肌肉沒有任何彈性，肚子也像氣球一般凹陷進去。我見過不少尚未腐化的人類遺體，觸感非常相似，卻又有難以言喻的差異。

「明明死了，卻像還活著一樣呢。」

女孩的面容幾乎與活人無異，更奇怪的是，屍體並沒有散發任何腐臭味。儘管地下室到處都積蓄著潮濕的霉味，在少女的遺體旁卻能聞到肉桂、丁香等香料的味道。

「這間地下室的溼氣重到都可以養蘑菇了。」我說：「肯定有人對屍體動過手腳。」

人類的歷史上有許多保存屍體的方式，其中最有名的莫過於木乃伊，但眼前的遺體卻和我印象中的乾屍相去甚遠。我想，這應該是未曾記錄在任何典籍上的技術，而替女孩防腐的人正是她的家人。

如今宅邸內已無人煙，或許當初她的家人曾抱持著想保存女孩遺容的想法，只是礙於某種原因離開了，才導致她的屍體被留在地下室。

「我想就這樣放著也無妨。」

我們不可能費心埋葬每具遺骸，昔日故居便是它們最好的陵墓。再說，女孩於棺槨中沉睡的樣子相當美麗，我不想破壞這份和諧。
地下室並沒有存放任何典籍，於是我們又回到一樓。
「什麼人？」
一根細長的棒狀物突然伸到眼前，嚇了我一跳。
仔細一看，是根拐杖。
側過頭，一個頭髮花白的老人坐在輪椅上。樓梯的轉角將他的身軀包裹在陰影中，導致我完全沒有察覺他的氣息。
看來我太早下定論了，這棟宅邸才不是空屋。
「你們是誰？」
老人再次問道，那雙眼睛瞇得如一直線，充滿戒心，握在手中的枴杖正在發顫。
「對不起，我們只是來躲雨的旅人，以為這棟房子沒有人住就擅自闖了進來。」
我向他道歉，同時也稍稍壓下那根抵著自己鼻頭的拐杖。
「旅人。」老人複述了一次。「不是拾荒者？」
「不是，我們是商人，旅行書商。」
「是書商啊。」
老人稍稍睜開了眼睛，乾澀的雙眼像是在市場裡放太久的動物脂肪，零星的黃色斑點浮現在眼白上，看不見任何血絲，唯獨瞳孔幽黑，且深邃得不可思議。
而那雙瞳孔，正盯著我的旅伴瞧。
「你們，是夫妻？」
「不是。」「沒這回事。」
「是的，這是當然，你們還很年輕……」
老人若有所思地點點頭，接著又轉動輪椅，拉近與紫虛的距離，興致盎然地打量著她。紫虛往後退了幾步，直到碰上牆面。
老人帶著和藹的笑容問：「請問姑娘是否還是處子？」
一聽見他的話，紫虛立刻用雙手護住身體，像咒罵般低聲道：「太失禮了！」
「請別誤會，我並無他想。」
老人搖搖頭，依然是那平緩的口氣。
「只是等待許久，終於遇見活人，一時忘了禮數。不瞞你說，我本以為餘生再也不會遇見任何人了。」
「這還是沒辦法解釋你的問題。」我說。
「少年，你剛才說自己是書商，是嗎？」
「是的。」

「我曾見過和你一樣的人，那是很久以前的事，久到如今再惦記著日子也沒有意義。」

「所以說……？」

我對老人的說話方式感到有點不耐煩。

「我想你們之所以闖進來，並不是單純為了躲雨，對吧？」

「我很抱歉。如果造成你的不快，我們現在就離開。」

「不必道歉，我知道你們沒有惡意，也知道你們還沒找到想找的東西。」

老人接著說：「你是商人，那麼或許我們可以做個交易。如此一來，你們就不是擅闖民房的冒失旅人，而是這棟宅邸的賓客。」

我和紫虛互看一眼，接著又看向老人。

「不能讓客人乾站著，來吧，這裡不適合談話。」

老人說他的名字是齊可夫，並示意我們跟著他走。

他帶領我們來到一扇半掩的門前。剛才還來不及搜索這間房間便被紫虛叫走，我想那時他肯定就是透過門縫窺視著我們。

三坪大的空間裡，櫃子上、書桌上，甚至地上都堆滿了書本。

雖然藏書量遠比不上圖書館，但以民宅而言也是相當驚人的收藏。

「家族中曾有人的嗜好是蒐羅世界各地的典籍，不過如今它們除了生灰塵以外，已經沒有任何用途了。」老人如此介紹。即使口氣輕描淡寫，我還是感覺得出來他對這些收藏抱持著些許的驕傲。

「冒昧請教，您讀得懂文字嗎？」

「太艱澀的詞彙和外文無法理解，不過基本的閱讀能力還是有的。如果這些書籍盡是難登大雅之堂的三流刊物，那我也不會在書商先生面前獻醜。」

我點點頭。齊可夫告訴我架上的書可以隨意翻閱，我隨便抽了其中一本裝禎精美且罕見於市的磚塊書，雖然紙張泛黃，但沒有太明顯的汙損或脫頁，確實是不可多得的精品。

「不知道這裡通行的貨幣是什麼呢？」

離開上一個都城後又在霧裡走了好幾天，這段距離已經足以切割出兩個國度。我沒自信手裡的錢幣在老人眼中能有對等的價值。

「先生誤會了，我不要你的錢，只是想請你幫個小忙。」

「什麼樣的忙？」

齊可夫看著紫遠道：「想向姑娘借一管血。」

「血？」

「你們去過地下室，想必有看見箱子裡的女孩。那是我的孫女，叫烏林卡，她染上疾病死去時，只有十四歲。為了讓她復生，我從宅邸內蒐集了所有需要的材料，唯獨缺乏處女的血液，無可奈何之下，只能先替她的遺體防腐，就這樣擱置在地下室，沒想到漫長的等待又是好幾個季節過去。」

「不好意思。」我下意識眨了眨眼睛。「您說復生是怎麼回事？」

齊可夫轉動輪椅，來到書桌前，桌上堆著好幾本書和許多零散的手稿，有人體器官的素描還有一些難以理解的數學算式，僅僅瞥一眼就讓人頭昏眼花。

他將那些書推到一旁，彷彿這些典籍都只是不重要的垃圾，接著翻出被壓在最底下的那張手稿。唯獨它的質地和其他紙張完全不同，我認出那是羊皮紙，源自於一種更為古老的造紙技術。

「這是寫有死者復活方法的筆記。」

我半信半疑地從老人手中接過那份手稿。紙上畫著被解剖的人體，還有一些不規則的幾何結構，並且鉅細靡遺地記錄讓死者復生的步驟，包含對屍體的處置以及化學藥劑的調配，全部都詳細地寫在上面。

「很久以前，家族的人傾家蕩產才從旅行商人手中買下這帖祕方，自那以後，它就成了家族代代相傳的祕術。告訴我，你看得懂嗎？」

「除了化學藥品的名字之外，其他都看得懂。」

「對於上面所記述的過程，是否有任何疑問？」

「目前看是沒有……」

「那好。這些藥劑全部都在地下室，我已經替它們貼上了標籤，不會弄混，如此一來就沒問題了。」

「聽您的意思，莫非是想要我們協助您復活孫女？」

「不是協助，而是必須由你們來做。」齊可夫輕拍著自己的雙腿。「自從坐上輪椅後，我再也沒有去過地下室，也沒上過二樓，這雙腿早就成了累贅。」

「如果您不介意，我可以抱您下樓。」

「我當然不介意，但我的身體遠比你所看見的還要脆弱，只怕在那之前，這把老骨頭就會先散成一地了。所以我才得問你是否讀懂文字，只要讀得懂字，就能照著字帖上的指示辦，一點都不困難。」

我對齊可夫老人的話存疑。我讀過不少屍體復生的故事，但這大多是舊時代人編造的傳說，從來沒有一部典籍肯定這項技術的存在。

「倘若失敗，我便會死了這條心。屆時你還是可以拿走這裡的藏書，對你而言沒有任何損失。」

我想了想，確實沒有損失，但要復活齊可夫的孫女，還得先問過同行旅伴的意見。

「如果只是一點血的話無所謂。」紫虛說。

「那麼我就當你們同意了。」老人滿意地笑了。

2

烏林卡的身體躺在充當其棺槨的箱中，桌上到處都是瓶瓶罐罐的化學藥劑。

我抬起她的右手，將調配好的藥劑注射到腕上的靜脈裡。由於死者的心臟已經停止跳動，我無法確定藥劑是否能擴散到全身，只是遵循紙條上的步驟，完成每一道指示。

「下一步……需要人類的血液兩百毫升。」

「那會死的。」紫虛說。

「很遺憾，還遠不及致死標準。」

我在貨架底層找到放在塑膠袋裡的乾淨針筒，除此之外還有止血帶和棉片。我沒有舊時代的醫療知識，但齊可夫給我的紙條上連死者復生所需的素材該如何準備都詳實記載著，其中自然有教人抽血的方法。

「在抽之前，姑且還是問一下。」

我將針頭前端的空氣擠出。

「在我發現妳之前，妳一直都是一個人待在圖書館吧？」

「你和那老頭子一樣失禮……」

紫虛毫不留情地踢了我的膝蓋一腳。

「抱歉，我只是不希望實驗出任何差錯。」

「那你大可放心，就算失敗了也絕對跟我沒關係。」

針頭刺入她的手臂，她立刻閉緊雙眼。

「痛嗎？」

「你要不要自己刺刺看？」

「不行，我的血沒有用處。」

齊可夫說血液的貢獻者必須是處女。雖然紙上沒有特別註明，只提及人血這點讓人納悶，但這畢竟是老頭家傳的技術，我不想質疑專家的話。

很快，血袋裡就充盈著深紅色血液。我將針頭從紫虛體內拔出，並給了她一塊酒精棉片讓她消毒止血。

接下來，就是將血注入烏林卡體內了。我將連著血袋的針頭刺進烏林卡的身體，在注射過許多藥劑後，她的身體看起來比原本更為豐滿，我想那應該不是藥劑的效果，只是單純水腫。

「我看看……接著將遺體放到裝置上。」

所謂的裝置，就是那張造型奇特的椅子。根據筆記所述，那張椅子似乎是一個改造過的發電機裝置。停車棚裡之所以找不到柴油並不是被拾荒者拿走了，而是全部被運到地下室，作為裝置的燃料備用。

我將烏林卡從箱中抱起，安置到座位上。散落一地的電線與裝置相連，它們被各種顏色的塑膠外皮謹慎包好，所以不會弄混。筆記上同樣記載著哪條電線應該插入遺體的哪個部位。其中，綑成一束的電線必須插入後頸。那是驅動死者的關鍵。

我將烏林卡的頭髮撥到一邊，露出白皙的頸部，上面已經有數個預先刺好的孔洞，大概是齊可夫刺的。齊可夫說自己不良於行前，就已經在張羅烏林卡的復活計畫了。

這些在人體上鑿開的洞就像機械裝置一樣有著相同的直徑，我將電線依序插進洞中，從洞中傳來了筋骨摩擦的細微聲響。

柴虛扶著額頭，搖搖晃晃地走到我身邊。被奪走了兩百毫升的血液使她的面色更為慘白，讓我感到些許的罪惡感。

「最後只要通電就行了。」

藉由電力刺激遺體的肌肉以及主掌肢體活動機能的脊髓，就能讓屍體活動。當然，電流產生的電位差只能讓屍體的肌肉短暫收縮，所以必須先對遺體注射藥品。據說這些藥品能夠取代人體的臟器，藉由化合物之間的反應達成近乎永遠的自體循環。

手稿上是這樣寫的，其實我也看不太懂。

我將柴油倒入設置在椅子後方的油門，接著拉動發電機的拉把。

機械的運轉聲和柴油的氣味充斥在幽暗的地下室中。由於電流是不可見的，因此我無法確定是否有電力流入烏林卡體內。

「好像傳來燒焦味。」紫虛說。

通電開始已過了半分鐘。

「那是錯覺，烤肉都是這個味道。」

「那不就是燒焦了嗎？」

四十秒過去，烏林卡的身體開始顫抖，她烏黑的長髮如烤焦了般，末端開始不自然地蜷曲，我甚至看見她的指尖末端綻放電光。我心裡萌生了中斷實驗的念頭，我很擔心這台老舊的發電機會出什麼問題，也擔心烏林卡體內的化學藥劑發生不穩定反應，屆時不只烏林卡，連我和紫虛都會被炸個粉碎。

不過擔心是多餘的，擔心也無濟於事。

驀地，烏林卡的睫毛抽動了一下。

接著，緩緩地睜開了雙眼。

她仰起頭看著站在她面前的紫虛，那雙眼空洞無神，與其說她正看著，不如說她只是單純睜著眼、面對著前方。

「烏林卡。」

我試著喊出她的名字，但少女只是微微將頭偏向我，她不知道那是自己生前的名字，只是純粹對聲音有反應，我感覺得出來。

我不清楚齊可夫的復生技術究竟能從死神手中搶回多少生前的人格，或許我應該給烏林卡一點時間。

正當我這麼想時，烏林卡便從椅子上站起身，面對著我。接著，她舉起手，將掌心貼到我的臉頰上。

我似乎聽見紫虛發出小小的驚呼。

「啊……」

微弱的氣音從她的喉嚨深處發出，我聞到了濃烈的化學藥劑味。

「妳想說話嗎？」

烏林卡的嘴巴一張一闔，就像魚群呼吸一般，

「妳的名字是烏林卡，記得嗎？」

她的手很冰冷，沒有活物應有的溫度，纖細的手指在我的臉頰上遊走，像是在確認質地一般。她想觸碰我的眼球，讓我下意識地闔上眼皮，從另一隻眼睛，我看見她抿起的雙唇，好似在透漏著某種不滿。

「是妳的爺爺齊可夫把妳喚回這個世界的。」

我告訴烏林卡，自己只是接受齊可夫的委託，替他完成屍體復生的最後工序，不論她抱持著怎

樣的情緒也好，都應該將這份情感宣洩在那個老人身上，而不是我這個窮書商。

我們的距離如此貼近，幾乎要觸碰到彼此的鼻尖。皮膚下青色的血管仍清晰可見，但她的血液已經乾涸，比起復生的死者，她更像是一具酷似人類的仿生娃娃。

「在那之前，先替她換上衣服吧。」

紫虛捧著一疊衣物走來，那是齊可夫事先準備的。嫣紅的連身裙和圓頭皮鞋，的確是很符合年輕女孩的衣著。

烏林卡盯著那堆衣服發愣。

「妳會穿衣服嗎？」紫虛問，當然問題得不到回應。

「看來這女孩跟妳一樣是生活白痴。」

「至少我會開罐頭，還會綁鞋帶。」說完，她用力踩了我一腳。

在紫虛替烏林卡更衣的期間，我將桌上的藥劑重新放回架上。到頭來我還是不知道這些藥品在生理循環中扮演怎樣的角色，我甚至對於齊可夫堅持使用處女之血感到納悶。

處子只是人類文明自古以來的父權迷信，我清楚得很。難道是因為紫虛和烏林卡的性別相同、年齡相仿嗎？換作是我或齊可夫的血注入到烏林卡體內，或許就會導致復生失敗，當然，答案我永遠沒機會知道了。

收拾好藥品，我順便將桌上那些手術用具扔進工具箱。我不知道齊可夫未來還找不找得到人替他復生屍體，但這些上好的器具實在不該放在地下室裡積灰塵。

回過頭，烏林卡已經換好衣服了。撇除身體各處的孔洞，她看起來和一個普通的十四歲少女沒有區別。

我們帶烏林卡離開地下室。起先她的腳步不穩，走起路來那雙腿看似不聽使喚，但藉由觀看我們走路的樣子，她很快就掌握了步法的訣竅。就學習能力而言，剛回到這個世界的她似乎不會輸給任何一個嬰孩。

「烏林卡……妳回來了嗎？」

書房裡的老人看見已逝的孫女就站在眼前，一不小心從輪椅上摔了下來，但口中依然不停喊著少女的名字。

我想將老人攙扶回輪椅上，卻被他粗魯地甩開手。復生的少女似乎明白自己的名字是烏林卡了，主動走到老人面前牽起他的手。

齊可夫回握住少女的手，低下頭將少女的手背與額頭相貼，我看見老人緊閉的雙眼中流出淚水。

「謝謝你們。」

書房裡有幾張閱覽用的沙發，齊可夫邀請我們坐下，烏林卡就站在他身旁，那樣子比起祖孫，更像是主人與侍女。

「我沒有想到死前還能再見到自己的孫女。依照約定，房間裡的書……不，即使宅邸裡的一切都歸你所有也無所謂。」

老人的聲音沙啞，未消的淚痕仍留在頰上。少女注視著前方，但雙眸依然沒有聚焦在任何事物上，這反而讓我有些猶豫。

「真的這樣就行了嗎？」

「書商先生，你的意思是……？」

「不，沒什麼。」

烏林卡對我們的談話沒有任何反應，我知道她在聽，但不確定她聽懂了多少，可能她連齊可夫流淚的意義都還沒弄明白。這和我預想的有落差，齊可夫自述是個來日無多的老人，所以我能理解他想與孫女團聚的願望。

只是這場重逢遠比我預想的還要冰冷。

「我知道你有許多疑問，你也需要一點時間決定這間書房裡有哪些書值得你帶走，倘若你不介意，可以留下來與我共進晚餐，我保證這棟宅邸也是很好遮風避雨的地方。」

老人看出了我的猶豫，我沒理由拒絕齊可夫的邀約，只是我很好奇他打算如何料理這頓晚宴。

「當然是由我親愛的孫女來辦。」

齊可夫說，烏林卡雖然年輕，但喜歡跟著母親進廚房。他還記得孫女曾在冬日的早晨中將全家人從被褥裡挖起來，只為了讓大家品嘗她新改良的炒蛋。她說她從附近的森林裡摘了樹果，儘管她不知道樹果的名字，但她有自信果醬的味道和炒蛋一定相當登對。

就結果而言，那頓早餐無疑是場災難，可是對現在的齊可夫而言，他只希望烏林卡能為了他再次下廚。

烏林卡推著齊可夫與我們來到飯廳。就像典型的歐式老宅一樣，餐廳是由水晶吊燈和一張可以容納十幾人的長桌構成。只不過水晶吊燈如今只剩下空骨架，白桌巾也早已被歲月染成灰色。

烏林卡拉開一張椅子，隨手擱在一旁，並將齊可夫的輪椅推進桌緣，動作流暢，但也可以說是粗魯，老人對此沒有任何怨言。

為了方便談話，我和紫盧在齊可夫身旁的位子坐下。

「烏林卡，請替我們準備三份餐點。廚房裡有醃漬過的雞蛋與火腿，我想妳還可以從流理檯下的碗櫥裡找到玉米罐頭。」

聽完齊可夫的指示，烏林卡便頭也不回地離開了飯廳，腳步輕盈到幾乎聽不見一丁點聲響。

我觀察著少女的一舉一動，即使她的身影已消失在門扉後，我仍然移不開自己的雙眼。

「我的家族第一次復生死者時，我也是像你一樣的反應。」老人看著我，臉上掛著淺淺的微笑。

「請問，」我問道：「這棟宅邸裡還有其他人在嗎？」

「如果你是問我的家人，早在許久之前他們便搬離了這片土地，留下我一人與老宅院作伴。」

「我很抱歉。」

「不會，這是他們的選擇，我也支持他們的決定。你們呢？又是什麼樣的機緣將你們帶來這座小農村？」

我告訴他，我們離開上一個都城後不久便迷失在霧中，只是一味地向北方走，最後便來到這座宅邸，並沒有什麼特殊的理由。說起來，旅行書商的旅程本來就是得等到車輪開始轉動才有意義。

「原來如此。那麼來的路上，你是否有在田裡看到阿列克謝和他的家人？」

「我只在田裡看到好幾具站著的骷髏。」

「那就是了。戴著草帽的是阿列克謝，一旁包著頭巾的是他的太太蘇珊娜，看來野狗沒有啃去他們的身體。」

「您好像老早就知道這一家人的死亡。」

「是的，整個村裡，他是替我們服務最久的家族。所謂的久，並不是指阿列克謝繼承了其父叔輩的職務。」

「……而是指他到死後都還在為您工作。」我接話道。

「你理解得很快。」老人的笑意變得更加深沉。「我說過，我的家族曾賭上近乎全部的家產買下死者復生技術，但沒有告訴你，我們也靠著這項技術立足於這片土地。」

農業最需要的資源是人力，這是連小孩子都知道的道理。走訪過各個城市，我很清楚人類的社會是由象徵階級的金字塔組成，其中做為基石的，不是工匠也不是商賈，而是農奴。
如今的土地大多都種不出作物，都城間糧食資源的分配極為不均，而僅僅是掌握農業技術還不夠，也必須有合適的環境與人力才能填飽肚子。
「如你所見，這裡長年籠罩在霧中，霧氣會影響收成，一公頃的土地原本可以收成一千公斤的小麥，但在這裡可能只剩下三成不到。為此，你會怎麼做？」
我告訴齊可夫，我會開墾更多土地。
「是，這是最直觀也是最有效的做法，但這意味著你需要更多的人手。」
「於是你的家族復活那些死去的農奴，讓他們與後代子孫一起為你們工作。」
「可以這麼說。」
我還記得田裡那個戴著草帽的骷髏，他的手中還緊握著鋤頭，即便那把鋤頭的握柄早就已經被蟲蛀得破爛，但他還是維持著犁田的姿勢，佇立於田中。
「對於我們的作法，讀過許多書的你又是怎麼看呢？」
「如果我抱持著舊時代的信仰，我會說那是對死者的褻瀆。」
我老實將心中所想的告訴齊可夫。
「但我不信奉任何神，我也知道人死後不會有知覺，想法和情感都會消失，在這樣的前提下，驅使他們的遺體是否有任何道德問題我很難斷言，所以無法判斷對錯。比起死者本身的存在，我更好奇那些見到自己親族被復活的人的感想。」

「你很謹慎，這是好事。不過我可以告訴你，在我的家人成功復活第一位死者後，這很快變成了一門生意。」

「生意？」

「書商先生，你還十分年輕便出來旅行，你是否記得自己離家那天，父母是帶著什麼樣的表情與你道別？」

「我沒有父母親。在遇見師傅之前，一直都是靠自己討生活。」

「是嗎？」老人的嘆息中夾雜著一絲惋惜。「那真是可惜了，或許你的生命中還未遭遇過太多的生離死別。」

「不……」我說：「如果是這樣的經驗，還是有的，而且我想我一輩子都不可能忘記。」

「那麼我再問你，你是否覺得老天爺留給你的，讓你與那個人告別的時間遠遠不夠？你是否認為自己還沒準備好，還想留在那個人身邊久一點？」

答案很明顯，但我不知道該如何開口。

如果還有機會，我有好多話想對她們說，那段日子沒機會說出口的，以及許諾要給未來，但是還沒能等到那天來臨的話語太多了。

之所以無法開口，也是因為知道一旦給我機會，我便再也不會鬆手，給我再多時間都沒有意義。

「沒關係，不用告訴我。你的表情已經說明你有了答案。」老人繼續說：「大部分人都是如此，我也是一樣的。我無法接受烏林卡的死，她是那麼的年輕，人生才正要開始，老天爺究竟是抱持著怎樣的壞心眼，才會對她開了這麼一個玩笑……她不該比我先走一步，這沒有道理。」

齊可夫垂下眼簾，伸手抹了抹眼角。

「所以，你可以想像，居住在這座莊園附近的每個家庭一旦碰上喪事，都會拜託我們讓家人復生，用永恆的勞動交換重回人間的機會，對不知疲倦的死者而言，是相當划算的交易。」

「那為什麼阿列克謝和他的家人不會再動了呢？」

「因為人終有一死。」

老人的話換來漫長的沉默。

好長一段時間，我和紫虛都沒有再開口，齊可夫老人也是，他只是靜靜地望著牆上的家族肖像畫，即便那些畫像都已斑駁到幾乎無法辨識。

直到清脆的聲音響起。那是碗磁碰撞的聲音。

烏林卡推著餐車走進餐廳。這讓我有些驚訝，或許齊可夫在命令她準備晚餐時，也順道教會了她使用這些工具。

「謝謝妳，烏林卡。」

當烏林卡將餐盤放到我面前時，我也學齊可夫向她道謝。當然烏林卡沒有任何反應，她只是抽回身子，重複著機械式的動作將晚餐送給紫虛。

正如齊可夫的指示，餐盤上有雞蛋、火腿和玉米，平常它會是一頓豐盛的菜餚，但現在卻顯得很不一樣。

雞蛋完全沒有經過炒製，是一顆部分凝結成塊狀的生雞蛋，混雜著蛋殼碎片；火腿並不是典型的切片，而是一團像骰子般的肉塊；至於玉米則還封裝在罐頭裡，當然不附贈開罐器。

我將火腿放入口中，幸好味道並不差。

「我想那些復生的屍體，並不是從一開始就知道怎麼耕田吧？」

「這是當然。」

老人側過頭，抱以無奈的笑容看著站在餐車前的孫女。

「有很多事情，必須慢慢教會她。」

3

我們在宅邸住了下來。

一方面是因為這裡有充足的食物，另一方面是因為我需要一點時間解析文本的價值。即使齊可夫告訴我整間書庫裡的書都歸我所有，但狗車負荷不了那麼多典籍，我必須做出取捨。

此外，雖然希望渺茫，我也想去齊可夫家族領地周圍的民宅看看裡面會不會有些意外的收穫。

老實說，這樣的生活並不壞。

每天早上起床盥洗後，與齊可夫共進早餐，接著就到書房裡看書。通常這個時間紫虛還在床鋪上，齊可夫給了我們兩間房間，所以不會影響到彼此的生活作息。

早飯當然是由烏林卡準備，經過幾次指點後，現在的烏林卡已經能好好運用倉庫裡的食材了。齊可夫告訴我這與烏林卡生前製作的炒蛋味道有一點差異，但我已經覺得相當美味。

「很好吃喔。」

我向那個面無表情的女孩說道，而烏林卡只是偏頭盯著我看，接著又回到自己的位置上，嚼著醃漬的火腿。

儘管屍體不需要進食，但他們的肉體還是可以分解食物，只是無法從中汲取任何營養，對烏林卡和齊可夫而言，這比較像一種儀式性動作，讓生者與死者的界線變得更加模糊。

齊可夫的書房經過我的整理後，已經比原本整齊不少，至少桌上散亂的手稿都有系統地被收在資料夾裡，那些扔在地上的典籍也被放回原本的架上。

有天，我正在與一本相當難懂的翻譯小說奮戰。我感覺得出來那是一部優秀的小說，無奈書裡的人名都又臭又長，故事背景又建立在一個舊時代的古老帝國。我對那本書的一切都感到陌生，這讓我的閱讀速度異常緩慢。

好不容易啃完一章，正打算稍事休息時，我聽見背後傳來開門的聲音。

是烏林卡。

她穿著一件束腰長裙，自從齊可夫告訴她她生前的房間在哪裡後，每天她都會替自己換上不同款式的服裝。

「怎麼了？」

烏林卡安靜地走進房間，並在我身後的地板席地而坐。她將雙手放在大腿上，兩顆眼珠的目光則擺在我的椅背上。

「妳要待在這裡嗎？那隨便妳吧。」

齊可夫教會她許多事，包含下廚、清潔，還有打理自己的生活，就像走路一樣，教給烏林卡的事情她很快便能學會。即使後來齊可夫沒有特別吩咐，烏林卡還是會在固定時間替大家準備菜餚，並維持宅邸內的整潔。昔日蓄滿灰塵的書房如今變得煥然一新，便是最好的證明。

如果沒有在執行家務，烏林卡就會在宅邸內走來走去，她的行事邏輯似乎存在著一定的隨機性，偶爾她會闖進我和紫虛的房間，在房間裡繞幾圈，又一副什麼事情都沒發生的樣子離開。我想這是因為她學會的其中一件事情便是「走路」，而大半的時間她的雙腳都沒有停下。

齊可夫很喜歡這樣的她。老人的雙腿不良於行，連洗浴、更衣都必須要仰賴烏林卡幫忙，因此烏林卡的好動，對齊可夫而言反而是一種生命活力的展現。

我伸了個懶腰。烏林卡還坐在我的身後，沒有離開的打算。

「看書時被人盯著的感覺很奇怪。」

面對一具不會回話的屍體，我就像是在自言自語。

「要不然妳也陪我一起看書吧？」

我從架子上拿了一本幾乎都是圖畫的兒童繪本塞到烏林卡懷裡。

烏林卡低下頭，看了一眼繪本上膚色如雪的女孩，接著又看向我。

「妳見過我讀書了，就照著我的樣子，也試著讀讀看吧。」

聽見我這麼說，烏林卡翻開了繪本。

我記得那是一部童話，名叫《雪姑娘》，是講述一個父親是冰雪、母親是春天的女孩喜歡上牧羊人的故事。

由於女孩是由冰雪組成的，她不知道該如何表達自己的情感，於是母親春天賦予她愛人的能力，然而理解了愛情的雪姑娘，卻因為內心逐漸溫暖，導致身體無法承受，最終融化而消失了。

「我不是故意挑這本書給妳的。」

說完，我又自顧自地搖搖頭。

「算了，反正妳也看不懂。」

本來以為不會再感到視線壓力，可以專心讀自己的書，但我發現自己反而在意起烏林卡了。我離開書桌前，來到一旁的沙發上，從這個角度我才能觀察女孩讀書的樣子。

烏林卡以固定的頻率翻閱著繪本，無論字多或字少，她的目光停留在每頁的時間都是相等的。我不知道她生前是否識字，但可以肯定文字對現在的她而言沒有意義。

當她看完最後一頁後，又會把書翻回第一頁，重新讀起。她發白的嘴唇正在微微顫動，我豎耳傾聽，想聽清楚她在說什麼，但就如那天在地下室復活的她一般，終究還是一連串沒有意義的氣音。

「文字對妳而言太困難了。」我想了想，接著說道：「不過妳好像聽得懂我們的話。」

我從烏林卡手中抽走繪本，將《雪姑娘》的故事唸給她聽。

「別忘記這只是故事而已，聽過就可以忘了。」

唸完，我如此叮嚀道。我不清楚死者的腦子是如何運作的，也不知道這部故事對烏林卡而言有什麼意義，只希望她聽完故事後不要產生誤解，將書中的情節當作我的命令，做出一些出格的舉動。

烏林卡盯著我，我彷彿看見她點了點頭。那當然只是錯覺。

自那天以後，烏林卡還是會不定時來到書房，並在書房的地板坐下。我會在她的懷裡塞一本書讓她打發時間，如果當天的工作進度順利，我就會將故事唸給她聽。

大多時候，她聽完故事都沒有什麼反應，只是默默地起身將書放回書架，並默默地走出房間。

齊可夫知道我的行為，但沒有阻止。他將烏林卡當作活生生的人看待，不會質疑這樣的舉動有何意義。只是我感覺得到烏林卡身上漸漸發生了變化，儘管那樣的變化不是肉眼所能察覺的。

這是在一個晴朗的好天氣時發生的事情。

我一如往常在書房裡看書時，忽然聽見外面傳來狗叫聲。走出宅邸，看見紫虛正在和小二子玩傳接球，烏林卡也在。那顆球好像是在停車棚裡找到的。紫虛將球扔到庭園的另一端，當然以她的臂力根本扔不了多遠，小二子很快就把球撿回來。如此反覆幾次，小二子嘴裡含著球，開心地搖著尾巴，但紫虛已經累得蹲坐在地上，不停喘氣。

發現主人是如此沒用後，小二子失望地轉過身，接著，牠看見站在角落的烏林卡。

少女正盯著小二子看。

小二子來到烏林卡面前，用鼻子輕輕將球推到她的腳邊。烏林卡彎下身，撿起了球。

我看見她輕輕撫摸小二子的頭，接著用力將球扔了出去。

球在空中畫出了漂亮的弧形，而且飛得遠比紫虛扔得還遠、還高。

球一路飛出莊園，滾下山坡，小二子又跑又跳地奔下山坡，回來時嘴巴裡的球沾滿了口水。

烏林卡從狗嘴巴裡拿回球，並再次將球拋出。

這也是學習後的結果嗎？這段期間我都關在書房，陪伴小二子的工作落在紫虛身上，我想烏林卡是在模仿紫虛的行為，以此對待小二子。

不會感到疲倦的死人對精力無窮的雙頭狗而言是最好的玩伴，這點同樣可以套用在齊可夫的家族上，不死的農奴帶來不死的勞動力，理論上應該會為這片土地帶來不衰的繁榮才是……

那為什麼齊可夫的家人選擇離開呢？

這個問題一直縈繞在我心房，直到窗外一片漆黑，我才發現夜幕早已悄然降臨。

以往這個時間，烏林卡已經替我們準備好晚餐了。

我提著油燈走出書房，循著搖曳的火光走到宅邸外，看見齊可夫正坐在門口望著黑漆漆一片的庭園。

「坐在外面會著涼喔。」

我好意提醒，結果發現老人的臉上正帶著微笑。

「你看。」他說。

我循著他視線的方向望去，看見有兩個影子在黑暗中晃動。我提起油燈，是小二子和烏林卡。

從下午開始，他們便一直玩傳接球，直到現在。

我知道齊可夫沒有對烏林卡下達任何指示，但還是很難相信她會為了和小二子玩而忘記晚餐，否則以往只要到固定時間，她就會走進廚房，開始替大家準備料理。

人類稱之為「習慣」的東西，對行為模式如機器般的屍體而言，是猶如教條的存在。

如果是一具無法思考、只懂得遵循命令的屍體，這樣的行為讓人費解。但若是十四歲的小女孩和狗玩到忘記了時間，霎時間這一切又變得十分合理。

「這是你期待的烏林卡嗎？」

我問道，不過老人沒有回答，懸掛在他臉上的笑容似乎已經說明了答案。這讓我發現自己看待烏林卡的眼光也漸漸有了改變。

起初，我將它當作一具不會說話的人形傀儡，甚至對於死而復生這件事感到些許的排斥，但現在，我漸漸覺得烏林卡的存在合理又自然。無論是陪小二子玩傳接球的她、或是吃到壞掉的雞蛋時會稍稍皺起眉頭的她，以及換上睡袍正打哈欠的她。即使這些行為都是在模仿我們，但我寧願相信那是她發自內心的舉動。

既然齊可夫確實將她視作血脈相連的孫女疼愛著，那想必有些情感能跨過生死的桎梏，傳達到烏林卡身上吧。

至少我是這麼想的。

4

宅邸的庭院有一條石頭鋪成的路徑，沿著石階走可以來到宅邸後方。在霧氣淡薄的日子，從山丘上可以眺望齊可夫家的農田，穿著衣物的骷髏站在農地裡，遠看像是稻草人，偶爾有烏鴉會停在他們的頭上休息。

齊可夫時常坐在那裡，往往一坐就是一整天。

「以前這裡可是有很多人的。」

老人用下巴指了指，他所說的「這裡」當然是指農田。據說最早家族繁盛時，每年都有許多旅行商人前來採買作物，甚至還有都城派遣使節前來尋求貿易合作的機會。

「那為什麼人們都離開了呢？」

「也許是因為他們終於準備好了。」

說完，齊可夫又繼續望向荒蕪的田地。

「再過不久，阿列克謝的身體也會崩塌，成為這片土地的養分吧。屆時這片風景又會變得更無趣了。」

「我以為屍體復生是永恆的。」

畢竟齊可夫曾形容那些復活的農奴是「永恆的勞動」，即便我很快就知道這只是一種誇飾。

「記得我說的嗎？人終有一死。」老人淺淺地笑了。「所謂的屍體復生，說穿了不過就是在欺騙肉體，讓已經死去的臟器誤以為任務尚未結束，它就會持續運作，用這種方式來得到永恆的生命。只不過……」

「不過？」

「記在那張手稿上的方法還有很多不足，像是注射到死者體內的藥劑沒辦法擴散到全身，所以身體依然有不少地方會繼續腐爛，糟糕的是，腐爛會持續擴散，而且沒有方法治好。」

齊可夫舉了個有趣的例子。他說，這就好像你有一個遠房親戚，儘管你們已經很多年沒見了，但每年的收穫季節你還是會收到來自對方的問候，因此你一直相信對方平安。

直到某天，你決定去拜訪他，才發現一直以來替他捉刀的其實是為你們送信的郵差，而他的屍體十幾年前就下葬在你們的家族墓園了。

「所以阿列克謝和他的家人打從被復生的那一刻起，就不停在腐爛。就像人從出生開始，便不停邁向死亡。」

而好心的郵差會替大夥隱瞞這件事。

齊可夫接著說：「當爛到一個程度，脂肪、肌肉……或是其他組織都消失時，遺體便不會再動了。屆時就算再次實行復生術也沒有用，因為能夠被藥劑欺騙的部分已經一丁點也不剩了。」

「那烏林卡呢？」我問道。「你替她做了防腐，這樣她是否能永遠活下去？」

「我不知道。」

齊可夫揚起頭，似乎在腦海中搜索著悠久之前的記憶。

「為了避免復生的屍體太快崩解，我從世界各地請來不少熟知防腐技術的專家，也研讀過書上教授的各種方法，相信這些日子都待在書房的你應該很清楚，但從來沒有一具遺體能逃過腐壞的命運。」

「那你認為烏林卡能撐多久？」

「只要比我久就行了。我知道這樣的想法很自私，但我說什麼也無法承受……看到老天再次把她從我身邊帶走。」

麥田裡的群鴉發出如訕笑般的嘶啞叫聲，即使站在山丘上都能聽清楚。

良久，他才再度開口：「倘若我死了，希望你們能帶走烏林卡。」

我告訴齊可夫，我們不會待那麼久，沒辦法陪他一起等待死神。實際上，書庫裡的書我已經快翻完了。

「那等你們要走時，也順道帶上烏林卡吧。」

他看著我的臉，向哀求一樣。

「不行。」我說，「當初你復活她，就是想讓她陪你到人生盡頭。如果在你死前我們先帶走她，那不就沒有意義了嗎？」

「但等我走後，這棟宅邸就沒有其他人了……這樣的她實在太可憐了，你無法想像我一個人待在這棟空蕩蕩的屋子多少年，烏林卡她……她不能和我承受一樣的痛苦。」

「你給我的手稿上，有提到被復生的死者不會產生情緒，我想烏林卡並不會認為自己可憐。」

其實這是我的藉口。我只是還沒有準備好迎接新的旅伴，這段日子下來，我甚至連和她相處的訣竅都還沒掌握到。

我是商人，而這筆交易還沒有划算到值得將女孩的餘生託付給我的程度，不論是對我或對齊可夫而言皆是如此。

「你說得是……」

齊可夫低下頭，看起來十分沮喪。

也許我不該把話說得那麼直，但向我說明死者復生技術的人正是齊可夫自己，他比任何人都還清楚屍體沒有感情。

「你會後悔嗎？」

「後悔？」

「或許你考慮過讓孫女入土而安，而不是再把她召回這個世界。」

「這個問題我已經在心裡問過自己無數次，每一次得到的答案都不同。」

齊可夫說著，並轉過輪椅。

「我知道這樣很自私，但我真的太害怕一個人了。」

烏林卡正朝我們走來，時間到了。

現在是黃昏，已經有一半的太陽消失在地平線彼方。

她推著齊可夫的輪椅，將老人送回宅邸。我跟在他們身後，烏林卡的步法已經和常人無異，她甚至懂得避開地上的碎石，好讓輪椅上的老人能叩響夢鄉的大門。

很久以前，女孩還在世時，她肯定也是每天都陪著齊可夫走過這段路。或許剛才站在老人身旁的不該是我，應該要是她。即便她再也無法開口，我還是可以想像，只要少女的腳步聲還迴盪於這座宅邸，那她與老人的回憶就不會消失。

既然如此，我更不可能接受齊可夫的提議。我必須讓烏林卡留在齊可夫身邊，直到他生命的最後一刻。

我的工作還沒有結束。

我將書庫裡的藏書分門別類後，從中挑選一些罕見或價值高昂的文本搬上狗車。這幾天，我幾乎都埋首於這項作業。每當齊可夫看見我將一疊一疊的書冊搬上車，他就會露出哀傷的表情。

我知道他並不是惋惜這些書被外人搬走，而是因為明白我們離開的日子近了。

他確實是個相當矛盾的人。

「接下來幾天，我想去莊園附近走走。」

為了避免濃霧迷失我的方向，我向齊可夫詢問是否有莊園一帶的地圖可以參考。

「我畫給你吧。」

我推著齊可夫來到書房。書架上只剩下零星數本典藏了。

齊可夫提起筆，隨手拿了一張紙，開始繪製地圖。

無論是紅屋頂的穀倉或是過去替齊可夫家服務的農奴們的宿舍，他都詳細地標記於地圖上，其中有不少建築我有印象，我曾在霧中見過它們的輪廓。

「或許身子是不行了，但你的記憶力還是很好。」

這段日子，我越來越能感受到死神的足音將至。齊可夫沒辦法再咀嚼固體食物，烏林卡必須將食物磨成糜狀才能讓他送入口中，就連現在，他握著筆桿的手都在顫抖，老人的身上飄散著一股和烏林卡迥異卻又極為相仿的味道。

「別取笑人了。」齊可夫笑了笑。「如果你也在同一片地住上百年，你連田裡的麥稈有幾支都記得住。」

「可是田裡早就什麼都不剩了。」

昨天阿列克謝和他家人的屍骨終於崩解在田裡，我想肯定和那群烏鴉脫不了關係。

「所以才說我記得住。」

齊可夫一邊畫著圖，仍有餘裕回應我無聊的笑話。

「對了，如果方便的話，你在外頭轉悠時，能順道帶上烏林卡嗎？」

「是沒問題，不過我以為你會希望她多花點時間陪在你身邊。」

從書房的窗戶往外看，正好能看見小二子和烏林卡在院子玩。小二子將少女撲倒在地上，舔著她的臉頰，而少女正面無表情地仰望著天空。
「既然你們不願帶她走也沒關係，那至少你們還在這裡時，能帶她走出莊園看看外面的世界。」
「你所謂『外面的世界』，也還是離不開這片霧中啊。」
「說不定這才是世界本來的面貌，只是你不曉得。」
一段日子相處下來，我們已經能很自然地開彼此的玩笑。
我從老人手中接過地圖，來到紫虛的房間，請她收拾好背包，準備出門。
「我想，你可能得認真考慮老頭子的提議。」
紫虛一邊收拾行李，一邊回道。
「什麼提議？」
「帶著那女孩一起旅行。」
「妳好像跟她處得滿愉快的，我常看妳們跟小二子一起玩。」
「因為她很安靜。」
「只可惜有一個旅伴已經夠了，我不想再自找麻煩。」
紫虛背對著我，聳了聳肩。我可以想像她肯定還翻了白眼。
「我們的旅行也不是一直都是兩個人的，偶爾你也會兼職保鑣的工作不是嗎？」
我明白紫虛的意思。

「但那傢伙只是機器。」我說。

「而烏林卡只是屍體。」

她大概想說機器和屍體沒什麼不同，甚至和活人也沒有太大區別。

「旅行總是有盡頭。」我說：「我將黎送到他父親指定的城市，或是替妳找到父母親，對你們而言，這趟旅行就結束了。可是一旦我帶上烏林卡，那或許就是一輩子的事情，因為她不會告訴我旅途的終點在哪裡。」

紫虛保持沉默，無言地收拾著桌上的雜物。

「紫虛？」

「也許根本沒有終點。」

她揹起書包，頭也不回地從我身旁走過。

「就算有，也應該是我說了算。」

我心裡不禁感嘆，他們總是把事情想得太簡單。

為了不影響用餐時間，我們待到中午填飽肚子後才出門。

儘管揮之不去的薄霧猶存，天空中卻出現湛藍色的雲彩。我們沿著石造矮牆開闢出來的小路走。

除了阿列克謝一家之外，農地裡還站著其他衣著整齊的骷髏，但有半邊手臂已經不知去向，八成是被野狗叼走了。齊可夫和我談過不少骷髏的事，我也知道早在他坐上輪椅前這些骷髏就存在了，只是齊可夫從未跟我提起安葬他們的念頭，即便骨頭散了一地也一樣。

齊可夫給我的地圖上沒有標示墓園的位置。

或許這是屬於這個村子的特有文化，所以當他提起自己曾經想過要埋葬烏林卡時，那意義可能也和我所知的葬儀有很大不同。

如今再想這些都沒有用了。

我決定先去拜訪阿列克謝的家，畢竟他是我最熟悉的骷髏。

那是一棟木造的小房子，斜屋頂上鋪著毫無特色的紅色磚瓦，外牆漆成能反射陽光的白色。門口停著一輛生鏽的卡車，擋風玻璃上黏著一層血痂色的苔蘚。

阿列克謝一家都不在，這點我已經事先確認過了，所以我決定拋開多餘的禮節，直接走進小屋。

「請替我留意這棟屋子裡有沒有書。」

我向烏林卡吩咐。現在的她已經擁有相較於市井小民豐富的閱歷，即使不懂文字，也能判斷書和普通紙張的差別。

阿列克謝的屋子很小，就像所有農奴的住處一樣，沒有多餘的隔間，廚房與用餐地是相連的，簡單的爐灶上懸吊著已經看不出原形的乾貨，一旁擺著一張木桌，幾張快散架的椅子靠在桌前，桌上有一副金屬製的燭台，那大概是整間屋子裡少數有點價值的東西了。

我來到二樓。說是二樓，實際上只是用木板做出夾層，相較之下，更像是閣樓，甚至讓人沒辦法挺起腰桿，得屈著身子才鑽得進去。

角落堆著好幾綑布團，大多是用舊衣服拼湊而成，儘管保暖程度一點也不輸百貨商舖裡的高級棉襖，這些五顏六色的拼被卻成了窮人的象徵。

兩個女孩正跪坐在一座矮櫃前，我跨過地上的被子，來到她們身後。

我想烏林卡只是在模仿紫虛的動作，便詢問紫虛有什麼發現。

「你肯定會對這個感興趣。」

握在她手中的，是一疊信紙。她好像已經讀到一個段落了，便將那些她看完的部分遞給我。

「你讀讀看。」

我接過信紙，心想農奴的家裡怎麼可能有信。畢竟他們不識字，光是藏書都機會渺茫了，更何況是信件。

即使如此，我還是依照她所說，開始閱讀那些泛黃的信。信紙上甚至可以看到褪不去的酒漬。

『致親愛的阿列克謝

這封信是我託一個擔任旅行書商的朋友替我撰寫而成的。此刻，他應該正站在你面前將這封信唸給你聽吧。

我已經平安抵達目的地的了，若不是你和你妻子慷慨地伸出援手，我很可能會就此迷失在齊可夫家族的領地，成為另一具在田裡揮舞鋤頭的屍體。

我這麼說可能會引起你的不快，但我實在很佩服你能在那樣的環境下田耕作。

儘管你告訴我齊可夫家的人對你很好，但我認為那老人的精神並不正常。我去過許多城市，即便大多數人都對死亡感到麻木，但面對遺體多少還是會抱以敬畏之心看待，像這樣將死人當作工具一樣使喚，我還是頭一次聽說。

當然，死人種植的小麥和活人沒有差別，死人研磨的麵粉也不會和活人有任何不同，你是這麼告訴我的，而我也支持你的看法，不過這終究是兩回事。

我必須告訴你，齊可夫老人是個會從其他市鎮買屍體的瘋子。我的商人朋友向我透露，老頭子和這裡的守墓人有勾結，守墓人會挑選那些新死不久、尚未腐化的遺體派人送給他，這就是為什麼你的雇主事業蒸蒸日上的原因，因為每天都有新的死人在等著為他服務。

在這樣的處境下，阿列克謝，我的朋友，你和你的家人在這片土地還能有什麼價值？請原諒我用這麼尖銳的口氣，但這個問題請你務必好好思考。

隨信附上我現在住處的地址和二十枚瓶蓋，如果你和你太太想通了，歡迎來找我，我會想方法安頓你們一家人。至於那二十枚瓶蓋，就替小彼得買些吃的吧，這是那孩子應得的。』

信件到這邊就結束了，甚至沒有署名寄信人是誰，至於信中所提到的地址，大概是寫在另外一張便條上，我沒有找到。

聽起來，好心的阿列克謝夫婦曾經幫助了某個和我們一樣迷路的蠢商人，而那位商人在離開這座農村後寫了這封信託人轉交給他。

「這只是第一封而已，你不妨繼續看下去。」

信件被稻草捆成一疊。雖然沒有註明季節或時間，但應該是按照順序排列沒錯。

『致親愛的阿列克謝

謝謝你的問候。我很驚訝能收到你的回信，委託人代書的費用並不便宜，也需要一點運氣。我原本期待能親眼見到你們一家，但既然交到我手上的只有信紙，想必你們心意已決。

是，雖然我和他只有一面之緣，但我感覺得出來安德烈先生才是促使你留下來的原因，他和他刻薄的父親不一樣，是個慷慨的好人，甚至都讓人懷疑齊可夫的老婆是不是偷了漢子才能有他這麼一個好兒子。

或許你該考慮跟安德烈先生談談？他一定知道自己的父親在做這種褻瀆的生意。請原諒我一個外地人多嘴，只是我聽關隘的守衛說，最近他們在街上發現了一些本應躺在棺材裡的熟面孔。我不認為這是好事。』

我不認為這是好事。第二封信以此作結。

紫虛好像一直在等我讀完，當我一放下信紙，她便說：「看來老頭子在外的名聲不怎麼好。」

「妳可以修飾一下用詞再把話說出口。」

「聲名狼藉。」

「不是要妳改用成語。」

我觀察烏林卡的表情，當然沒有任何變化。

她不會因為爺爺的名聲被人詆毀而憤怒，即便她能聽懂語言，可是語言對她來說更像一種密碼，密碼解析後的成果讓她執行相對應的動作，如此而已。

因為感情對死者顯得多餘……嗎？

我意識到自己被齊可夫的話影響了。

我搖搖頭，將無關的思緒連同第二封信扔到一邊，專心讀下一封信。

『致親愛的阿列克謝

很遺憾得知這個消息。瘟疫爆發時我正在遙遠的東方，所以沒有受到波及，當我回來時，熟悉的村鎮彷彿都變了樣，人們的哭聲從房子裡傳來，大街上有一座座屍體堆成的小山，等待一把火將它們燒成灰燼，直到現在，只要一閉上眼我都仍會想起這噩夢般的場景。

我沒有接觸舊時代的信仰，也對科技教所宣稱的「人類精魄會轉化成機魂，繼續服膺於這世界」沒有興趣，只是替那些死去的親友感到不值，為了避免疫情擴散，他們甚至沒能迎來一個體面的葬禮。

這一切都來得太過突然。

你可能已經猜到我要說什麼了，是，面對這些屍體，我第一個想到的其實是你的雇主齊可夫，我認為他不會放過這個機會，屆時他的農場又會得到一批新的生力軍，我是這麼想的。幸好這件事最終沒有實現，如果這世界還存在著神明，那至少神明終於做對了一件事，這大概是這場災難中唯一值得慶幸的事了。

小彼得的事情也讓我很難過。我會為他祈禱，祈禱他能擺脫肉體的苦難，到一個更好的地方。』

這是第三封信，而第四封信黏在第三封的背後，我費了一番功夫才把它撕開。

『致親愛的阿列克謝

早在你寄信給我，提到小彼得的死時我就該預料到了。你最後還是沒有找安德烈先生商量，也是因為這個緣故對吧？你害怕自己總有一天也需要齊可夫家的技術，你不希望屆時求助無門，所以才默許那些屍體的存在。

我也曾有個和小彼得一樣大的女兒，卻因為我的粗心，讓命運將我們父女倆拆散，至今我的妻子還是沒辦法諒解。我不會說我能體會你的痛苦，我知道對父母而言，每個孩子都是獨一無二的，可是我不希望安娜回來時只是一具無法言語的人偶，那對我而言才是真正的折磨。

另外我很好奇，現在是誰負責屍體復生的業務？是安德烈先生嗎？我聽城裡的木匠說，他前陣子又替莊園蓋了一間新的工寮，安置那些被復生的屍體。』

至於第五封信，收信人的署名不一樣了，是寄給一個叫維克多的人。比對前幾封信，筆跡還是一模一樣，我擅自推斷這封信是阿列克謝拜託書商朋友代寫的，寫給長期與他通信的友人，只是基於某些原因，所以信件最後沒有寄出去。

『給維克多

你錯了，朋友，就是安德烈先生說服我帶小彼得回來的。

起初我有點猶豫，儘管安德烈先生催促我，要我盡快做決定，否則小彼得的屍體很快就會腐敗，可是我也考慮過你的話。我不認為和屍體在同一塊田裡耕作有什麼不妥，然而當這具屍體是自己的孩子時……我不確定，我真的不確定該怎麼做才是對的，小彼得沒辦法開口，也許當他發現自己被爸爸從停屍房裡喚醒時會怨恨我，而我永遠不會知道。

這個問題讓我困擾了好久，甚至付了安德烈先生一筆錢，請他先替我保存小彼得的屍體，直到我看見烏林卡。

我想你應該不知道誰是烏林卡，她是齊可夫先生最小的孫女，是個體弱多病的可憐姑娘，以至於你甚至沒來得及和她見上一面。

但是，倘若你再回到農莊，我好希望你能看看她和齊可夫先生如何相處。齊可夫先生如你所說，是一個尖酸刻薄的人，就算是安德烈先生也常跟我抱怨他父親的不是，但這畢竟是他父親的願望，所以他才沒有違抗。整個家族裡，大概只有烏林卡願意對齊可夫先生好，因為她是個單純的小女孩，她所知道的齊可夫先生就只是個慈祥的爺爺，而不是人們口中的奴隸販子或戀屍狂，齊可夫先生也只有將她抱在懷中時才會嶄露出老人家該有的笑容。

維克多，我從那對祖孫身上看到了再一次的希望。

所以我並不尋求你的諒解，只是作為多年的好朋友，我希望你能知道我為什麼做出這個決定。

阿列克謝』

儘管這封信阿列克謝沒有寄出，但維克多依然有繼續回信，所以阿列克謝肯定又重謄了一次信件內容，才委託彼此的共同友人轉交。

接下來是第六封信，寄信人回到了維克多。

『致親愛的阿列克謝

我完全尊重你的決定，至於安德烈先生的說詞，恕我無法苟同。

你們同樣都是瘟疫的受害者，但安德烈先生似乎只關心他的事業，而不是死去的親族。

喔對，因為他不需要浪費時間難過，畢竟他可以把任何人從墳墓裡挖出來，不如你下次建議他復活一個古代人，問問那傢伙以前人是過著怎麼吃香喝辣的生活。拜託，我非常好奇。

阿列克謝，你的老朋友已經變得越來越像他那偏執的老父親了，繼續和他走得太近，早晚有一天你也會感染這種瘋狂的。

你告訴我小彼得不會有過去的記憶，甚至沒辦法思考，所以你對他的感情只會越來越淡，總有一天你會讓小彼得回歸塵土。

希望你好好記住這個承諾。

不是為了小彼得，而是為了你自己。』

至此，我手上的信件全部讀完了。

紫慮那裡還有幾封信，不過在那之前我需要重新整理思緒。我將阿列克謝寫給維克多的信又重讀了一遍，總算理解了他沒有把信寄出的原因。

「因為在那時候，阿列克謝已經陷進去了。」我說，「他替齊可夫的家族工作，也知道復活的死者沒有自我，但兒子的死還是讓他大受打擊，所以當他看到齊可夫和烏林卡相處的方式，認為小彼得或許也有機會。」

說完，我看著紫虛，補上一句：「是嗎？」

紫虛點了點頭。

不是為了烏林卡或是誰而說明，我們只是單純在確認彼此的看法。

「來讀下一封吧。」她將剩下的信件遞給我。「快結束了。」

第七封信，這次的收件人不是阿列克謝了。故事即將來到尾聲，我決定將它和第八封信一起讀完。

『致親愛的狄安娜

距離上次與妳父親通信已過了十幾個季節，我一直以為是我的用詞引起他的不快，卻沒想到他已經過世，更沒料到他會同意將自己的遺體賣給齊可夫家。

如果妳父親沒有把我的信件扔掉，或許妳可以找個識字的人替妳讀看看，小彼得的事我當初也是抱持著極力反對的態度。我不是故意提起傷心往事，只是想告訴妳，妳的猜想沒有錯，妳弟弟的死正是導致妳父親離開的原因。

阿列克謝曾告訴我，總有一天他會放下，只是需要時間。他還向我解釋過屍體復生技術的原理，好讓我相信他不會陷得太深，但我不是傻子，我當然明白他只是照搬安德烈先生的話。我無意冒犯妳的父親，我只是替他感到難過，因為我這輩子沒有見過比阿列克謝還重視家人的男人，妳有個好父親，狄安娜。

請原諒我無法親自拜訪妳。我不想看見好友的屍體出現在田裡。』

『致親愛的維克多叔叔

儘管父親已經變成一具屍體，但他就像小彼得一樣，仍然與我們在一起生活。白天下田工作，入夜後和家人共進晚餐，他甚至會抱起小彼得與他嬉戲，只因為他曾看過兄長這麼對待小彼得。

談起我的兄長伊凡，他和母親一樣，最初都是反對安德烈先生將我父親復生的，無奈這是父親生前的旨意，他們只好遵守。

現在看來，我父親可能是對的。

當安德烈先生帶我父親回來後，母親和伊凡都表現得十分開心，這也難怪，因為眼前的父親看起來完全不像是死了，他只是不會說話，他依然可以陪伊凡在院子裡踢足球，也會在母親忙於炊事時，從背後摟住她的腰和她共舞。那個風趣、浪漫的父親從沒有離開我們，曾一度，我是真的這麼想的。

直到某天夜裡，我感覺腳底下有東西鑽過，我不管大家是否熟睡，還是點燃火柴，想看清楚那東西的真面目。

原來，那是隻老鼠，而那隻老鼠正在啃我父親的臉。

您可能會覺得沒什麼，因為像我們這樣的窮人家，半夜被老鼠咬是很正常的事。可是您會不會好奇，為什麼那隻老鼠要越過我、伊凡和母親，而去咬父親呢？

我就是在那時發現父親早就離開我們了。

如果是其他人，可能會認為我太敏感，但我相信維克多叔叔您一定能理解。

終有一天，無論是父親或小彼得，他們的屍體都會在我們面前腐敗，我們必須看著至親的容貌逐漸凋零，直到化為一攤白骨。齊可夫家的魔法給每個喪家漫長告別的機會，卻沒想到這同時也是漫長的折磨。

母親和伊凡不認同我的想法，他們認為在那之前自己就能先接受父親的死，可是他們忘記父親直到死之前都沒能走出來。

父親把小彼得的存在視為理所當然，從而逃避他已死的現實，現在母親和伊凡只是在重蹈覆轍。伊凡甚至告訴我，等母親過世，他也會拜託齊可夫家將母親復生。

我認為我沒辦法再待在這樣的家庭。

您可以說我冷血，也可以說我沒有人性，但我認為，正因為我比任何一個人都愛著父親，才不願看到他的遺體被當作人偶一樣玩弄。

至少我很幸運，有這種想法的人不只我一個，丹尼爾、瑪佳麗塔還有西吉斯蒙德……甚至連安德烈先生的兒子伊斯坎達爾都願意支持我們。

今天晚上，我們就會收拾好行李，離開這座農莊。

我拜託書商叔叔替我寫下這封信，但我請他不要把這封信轉交到你手上。我打算將這封信連同過去你和我父親的信件，藏在閣樓的小櫥櫃裡，說不定未來的某天，會有一個像叔叔你一樣的旅人不小心闖入這棟房子，然後發現這些信，屆時那個旅人就會知道這座農莊曾經發生過的故事。

我和他們不一樣，這是我紀念家人的方式，我認為這才算是真正地活著。

爸、媽、伊凡還有小彼得，我愛你們。

狄安娜』

5

除了那疊信，阿列克謝家並沒有值得我們帶走的東西。

我和紫虛走出小屋時，濃霧已經再次籠罩莊園，霧氣中能聽見雨水打落屋簷的聲音。

由於雨傘不方便攜帶，我們沒有一個人帶傘，雨衣也還掛在後院的曬衣繩上，只好淋雨回去。

冷風迎面吹拂，但我的內心卻感到很平靜，只有一絲的寂寥感隨著這片已無人煙的農莊浮現於思緒中。

「烏林卡。」

紫虛轉過身，向一直跟在我們身後的少女說。

雨水淋濕了烏林卡的頭髮，黑色的髮絲沾染著水潤的光澤，在霧氣中彷彿結了一層薄霜。

「這裡很快就會連一個人也不剩了。到時候，妳要離開這裡嗎？」

烏林卡看著紫虛，眨了眨眼睛。

「就算妳是具屍體也沒關係的……不，不管妳是什麼都無所謂。」

紫虛握著雙拳，這句話在她心裡似乎已經憋了很久。

「我們在旅途中遇過各式各樣的人，其中有些甚至不是人類，但他們都很努力地想要活下來，只要妳願意的話，妳一定也可以擁有屬於自己的人生。」

不是為了齊可夫的死而生，也不是為了許多年前便死去的女孩而活。

只是純粹的，屬於現在的烏林卡，自己的生命。

烏林卡微微張開了嘴，紫虛朝她奔去，我也跟在她身後，想聽清楚烏林卡的話。

但傳進耳裡的，依然是那連呼吸也稱不上的微弱氣音。

斷斷續續，就像倒了嗓一般，組織不了任何文字，構成不了任何意義。

我想我還是無法理解她的情感，連情感是否存在都不曉得。

「妳被狄安娜的信影響了。」我站在紫虛身旁低語道。

「我知道。」她低下頭。「我只是沒想到老頭子他也……」

「嗯。」我打斷紫虛的話。「我早就知道了。」

打從第一天見面我就知道了。

烏林卡能聽見我們的對話。既然齊可夫信任我，無論是書上的知識也好、旅途的回憶也罷，他都沒有阻止我告訴烏林卡，那麼我也不能在最後破壞他的信任。齊可夫是烏林卡最愛的爺爺，這件事即使至死都不會改變。

我告訴紫虛我不想在雨中停留太久。

就在我們要轉回身時，我看見烏林卡正側頭遙望著遠方。

視野所及之處，只有籠罩在霧雨下的荒蕪農田，但那對空洞的雙眼仍聚焦於某處。

烏林卡正看著田地中央的那幾副枯骨——屬於阿列克謝和他家人的骸骨。狄安娜的母親和兄長還是選擇陪伴丈夫與父親直到最後一刻。

我將這一幕保存在腦海中，並在心中向阿列克謝一家道別。道路的盡頭，是山丘上的老宅院。

全身溼透的我坐在壁爐前，看著爐中火焰搖曳的樣子發呆。

一回到宅邸，我便向齊可夫要了木柴，現在整間會客室盈滿有別於窗外的溫度。

除了木頭燃燒滋滋作響的聲音之外，還聽得見流水聲從天花板傳來，應該是紫虛正在燒洗澡水。烏林卡好像也跟她一起上二樓了，我想紫虛應該不會介意與她共浴。

我想著諸如此類無關緊要的事情。

從阿列克謝家帶出來的信紙還存放在我身旁的背包裡，我突然想到雨水或許會弄糊墨跡，急忙把它拿出來檢查。

幸好，沒有被雨泡濕。

這時，會客室的門開了，老人吃力地轉動著輪椅進來。

「放晴的日子反而比較少。」齊可夫看著打在窗戶上的雨點說道：「這才是常態。」

「霧也是嗎？」

「那層霧一年四季都不會有散去的一天。」

對他而言這只是日常的閒談，用天氣打開話匣子是我們之間的默契，不過唯獨今天，特別讓我感到難受。

理由，當然是握在我手中的信紙。

「這樣啊。」我不動聲色地點了點頭。「那恐怕我們又得在這邊多叨擾幾天了。」

我告訴齊可夫，還沒搜過的房子還有很多，今天我們只去了阿列克謝家。

「希望我來得及跟你們道別。」

「怎麼會來不及呢？」

他指著自己的鼻頭說：「我其實已經聞不到味道了，吸進去的空氣，是香、是臭，我完全不知道。」

然後，他又看向火爐。

「就連現在房間裡燃著火，我也感覺不到溫暖。待在火爐前或是走到外頭淋雨，對我而言，好像已經沒有差別了。」

齊可夫的身體已來到極限。

他告訴我，這種感覺是漸進式的，每天早上他都能感到自己更靠近死亡。

我知道我不能再猶豫了，他的話讓我下定決心，將我們在阿列克謝家找到的信遞給他。

「我想你應該看看，就算信上的內容可能會讓你不愉快，但我還是覺得你應該讀完它。」

齊可夫接過信，我看見那對幾乎要闔上的眼皮稍稍睜開來。

「齊可夫，我想知道一件事。」

老人沒有回應，我便決定自行說了下去。

「為什麼所有家族成員中，你只復活烏林卡？」

齊可夫依然低著頭，不發一語。

這種對話方式，讓我想起烏林卡。

「我不知道你的兒子和其他家族成員最後去哪裡了，從信上的內容來看，你的家人應該沒有全部離開農莊才對。」

「已經過了數不清多少年，他們早就死了。」

齊可夫的聲音無比冰冷。

「就如你說的，我也沒有復活他們，因為沒這個必要。」

「那烏林卡呢？」我追問道，「我想，絕對不會只是因為她是你最愛的孫女。在那之前，有更重要的原因……」

「因為她愛我。」

就像信裡所說，烏林卡是唯一願意對齊可夫好的人。不過，這句話從齊可夫口中說出，卻有著不同的涵義。

只有他自己明白的涵義。

但是已經夠了，我只是想透過他親自確認某件事，而齊可夫也已經替自己完成告解。

狄安娜說，屍體復生是齊可夫家族的魔法，儘管和童話故事裡的魔法相比它更殘酷，也汙穢得多。但如果魔法象徵著某種奇蹟的話，或許烏林卡也替齊可夫創造了某種奇蹟。

那天晚上就寢前，我被齊可夫叫去他的臥室。
齊可夫躺在床上，告訴我他已經讀完那些信了。
「那麼，你應該發現自己以前是個很糟糕的人了。」
聽見我這麼說，他只是笑著搖了搖頭，說他早就忘記了。
「我想我必須感謝阿列克謝家的女兒，拜他所賜，我想通了很多事。」
他舉起瘦如白骨的手臂，指著放在櫥櫃上，一把裝飾用的匕首。
「我不會再強迫你帶走烏林卡了，但我也不願讓她一個人待在莊園。」
「所以你是要我在你死後殺了她嗎？」
「我想你還記得屍體復生的步驟。」他拍了拍自己的脖子。「控制肢體活動的核心在頸椎，只要破壞那裡，屍體就不會再動了。」
然後，便能迎來真正的死亡。
「書商，我之所以沒稱呼你『少年』而是『先生』，就是因為我相信你那雙眼睛看過的風景，絕對不會比任何一個大人還少。」
「你是害怕我再次拒絕你對吧？」
齊可夫閉上眼睛，默認了。
「事實上我也得坦承，不是只有你讀了狄安娜的信才有所感悟。」我說，「從阿列克謝家回來的路上，我一直在想烏林卡到底有沒有感情。」

「我以為你心裡早就有了答案。」

「是啊，直到我看見她盯著阿列克謝一家人的屍骨瞧。」

那樣的行為對烏林卡到底有什麼意義？

在我們前往阿列克謝家的路上，她對那些遺骸根本不感興趣。可是在她聽完狄安娜的故事後，卻開始在意起那堆屍骨。

「我知道烏林卡聽得懂我們的話，只是我一直把她當作不會思考的機器，但假如她是有想法的，那是否意味著她具備感情？既然擁有感情……」

我坐在老人的床邊，望著他枯瘦的面容，附著在他臉上的皮膚已經開始一片片剝落了。

「你有著一副好心腸，書商先生。」

「好心腸不會讓人活得比較久。我只是覺得讓她一輩子都守在一個老人的屍體旁，太浪費了。」

「所以你同意帶她走了？」

「不，單是這樣還不夠。如果烏林卡懂得思考，你就不能忽略最關鍵的因素。」

「什麼因素？」

「她自己的意願。」我說。

老人笑出聲，刻意讓我知道他正在壓抑心中的情緒。

「所以我答應你。」

我來到櫥櫃前，拿起那把匕首。看似只是裝飾用途，刀刃卻開了鋒，輕輕一碰，食指尖上立刻就滲出腥紅色的血珠。

烏林卡不會抵抗，如果齊可夫要她死，她也只會坦然接受這份贈禮，可是齊可夫沒有這麼做，他無法親口告訴孫女。

於是，他選擇委託我代行。

「倘若在你死前，烏林卡告訴我她想離開這裡，我就會帶她走。否則，只要你一死……」

「你就會替我殺了她對吧？」

齊可夫一副了然於心的樣子。

「我明白了，就這麼辦。再怎麼樣，都比留下她一個人好。」

我輕輕地關上老人的房門，帶著那把匕首離開房間。

很快，這把匕首將會刺進少女的後頸，除非齊可夫有辦法在他的餘生說服烏林卡。

同時還得讓她開口，告訴我她想活下去。

6

那晚之後，齊可夫便沒有再離開床鋪了。

他的輪椅被擱在床角，寢室內充斥著腐敗的難聞氣味。烏林卡會替齊可夫準備好餐點並送到他房間，接著再回到飯廳與我們一同用餐。

就算齊可夫的身體正以無可挽回的速度持續崩解，她依然一如往常執行著每天的例行公事。

我想，齊可夫應該有詢問她是否想與我一同旅行，只是烏林卡沒有給予他答覆。

但我隱約間能察覺烏林卡的答案。

除了阿列克謝家以外，農村裡還有許多建築尚未探索。餘下幾天，霧氣中幾乎都夾雜著細雨，但我們還是披上雨衣，前往村子各處的廢墟。

每次出門前，烏林卡都會站在門口望著我們的背影。

我問她是否要與我們一起同行，可是她仍然沒有移動腳步的意思。

也許我換個說法，要她跟著我們就行了，可是那樣沒有意義。如果她真的願意，她肯定會跟著我們的。就像跟小二子玩的時候一樣，即使是模仿，但也沒有人告訴她應該要把球拋出。

農村的廢墟裡沒有什麼有價值的東西，阿列克謝家的那疊信似乎是唯一勉強稱得上是「書」的東西，剩下的大多是快被白蟻蛀壞的家具，再不然就是發霉的衣服。

就算真的有什麼有價值的東西，我大概也沒能看出來，此時我已無心在搜索廢墟上。

紫虛也一樣，這段日子她和烏林卡相處的時間甚至比我更多，也許烏林卡是從旅行開始……

不，也許是她這輩子第一個稱得上是朋友的存在。

但這段友情很快就要結束了，烏林卡已經告訴我們她的答覆了。

時間來到三天後的夜晚。

我在齊可夫的房間裡和他閒聊，不只烏林卡，我也珍惜與齊可夫相處的這段時光，想在僅剩不多的時間多陪陪這位孤獨的老人。

最開始是雙腿，再來是嗅覺與觸覺，現在的齊可夫已經什麼也看不見了，連說話都相當吃力，每一口氣息都瀰散著濃厚的內臟腐敗氣味。

他的床鋪正好面對著一片巨大的落地窗，從落地窗往外望去，可以看見被濃霧包裹著的農村與漫天星斗點綴的黑夜，地平線正好將它們切成兩個世界。

齊可夫面對著這片景色，靜靜地說道：「我想這是最後一個晚上了。」

那時烏林卡也在，就坐在他的身邊。兩人的手交疊著，只是我不知道究竟是誰握住了誰的手。

落地鐘的指針永遠停留在午夜時分，僅剩擺錘滴答作響。

那是個安靜的夜晚，卻是一片無法令他如願的靜謐。

我回到房間，躺在鬆軟的床上把玩著齊可夫給我的匕首。

銀白色的鋒刃上，我看見自己的臉。前幾天不小心被它劃傷的疤幾近癒合，新生的皮膚呈現淡淡的粉紅色。只要我還活著，就算受再重的傷，傷口都會有癒合的一天，那是因為我的血液還在流動，我的心臟還在跳動。

我不用欺騙自己身體的任何一個器官，也明白我還活著。

明天早上，我就會用這把匕首刺進烏林卡的脖子，完成齊可夫最後的心願。

我將匕首放在枕邊，在心中不斷提醒自己，不要有任何猶豫。

清晨，我帶著匕首來到老人的房間。

床上的老人帶著安祥的表情，就像睡著一般，雙眼緊閉。我將手伸向他的脖子，但想了想又覺得沒必要，便抽回了手。

少女則趴在他的身邊，兩人相握的手始終沒有放開。

「烏林卡。」我輕喚少女的名字，但熟睡中的少女仍沒有甦醒。

我來到烏林卡的身後。黑髮垂至身體兩側，露出她的脖頸，頸上留有永遠無法癒合的孔洞。

那天，電線就是插入這幾個洞，將少女召回現世。

當初賦予她生命的人，現在又要奪走她的生命。我感覺自己的手正在顫抖。

「烏林卡……」

少女仍然沒有反應。

為什麼沒有反應？

我發現事情和我想的有點出入。

我以為少女只是在模仿齊可夫，模仿他睡著的樣子。她還不知道老人已經死去，所以她也陪著他，睡了。但屍體不會真正地陷入沉睡，所以只要我呼喊她的名字，她一定能聽見。她會像往常一樣，用木然的表情瞪著我。

應該是這樣的……

我扔掉手裡的匕首，在她身旁蹲了下來。看見那抹像新月一般微微上揚的嘴角，一瞬間，我明白了。

她再也聽不見我的聲音了。

抬起頭時，看見紫虛正好走進房間。

床上的老人、床邊的少女，還有少女身旁的我。她快速掃視了一遍，沒有任何多餘的言語，她露出哀傷的表情，向我點點頭。

我替兩人關上房門。

乘著狗車離開宅邸時，天空罕見地放晴了。視野所及，是一望無盡的農田與連綿不絕的山丘。

齊可夫告訴我濃霧永遠不會散去，現在看來倒也不是這麼一回事。

離開前，我們特地繞去阿列克謝家，依照狄安娜的期望將那疊信紙放回抽屜。

「你從什麼時候就發現了？」

「什麼什麼時候？」

「老頭子早就已經死掉的事。」紫虛說。

「妳呢？」我反問。「妳不是也發現了嗎？」

「我是讀了信才知道的，就是農夫沒寄出去的那封信。」

信裡提到了齊可夫和烏林卡。

也是因為讀過那封信，我才會問齊可夫為什麼只復活烏林卡。

——因為她愛我。

我想，那場奪走小彼得性命的瘟疫也帶走了齊可夫，而烏林卡知道的爺爺早已經不是原來的他了。但這對烏林卡沒有影響，即便爺爺是復生的死者，她依然願意愛著爺爺。

對一個隨意驅使死者的家族而言，在死者身上傾注感情恐怕是相當少見的事。

然後，這份感情讓齊可夫逐漸學會了愛，讓他擺脫死者注定沒有自我的命運。

聽起來像是浪漫的童話，但這就是為什麼齊可夫願意愛著烏林卡。

因為他希望烏林卡曾經施予給自己的奇蹟，能再次體現在少女身上。

所以他每天都在等待，等待少女變得更像活生生的人類。

「如果老頭子能再撐久一點，他的願望可能就會實現了。」

「我倒覺得他的願望已經實現了。」

或許烏林卡的肉體也剛好像齊可夫一樣，來到了極限，畢竟腐敗打從屍體被復生的那刻起就無法停止。但看見那抹微笑，我更寧願相信陪伴在老人身邊是烏林卡自己的決定。

紫盧看著我，眨了眨眼睛。

有一瞬間，我彷彿將烏林卡的身影與她重疊在一起。

「齊可夫當初不是跟妳要了一些血復活烏林卡？」

「……是啊。」

紫盧別過視線，這對她而言可能是不太好的回憶。

「我想他說的處女之血只是幌子，實際上用我的血也沒差。」

刻意限定血的種類，只是為了讓我們不要察覺他是一具屍體。已經度過數十載歲月的屍體體內是不可能殘存任何鮮血的，所以他才必須拜託其他人提供。

當然，這些都只是後話了。

真正讓我發現他祕密的契機，是我想扶他回輪椅上的那次。

那時他很用力地甩開了我的手，但我還是看見了。

看見他脖子上的孔洞。

是和烏林卡一模一樣的洞。

「我還是不懂刻意隱瞞這件事的意義。」

「可能只是不想嚇到我們。」

抑或者他認為自己已經成為一個人了。

被復生，失去了前世的記憶，名字只是上輩子留下來的殘渣。信上所提的，那個尖酸刻薄的癲狂老人早就隨著那場瘟疫永遠死去了。

在他復生後，尚未能言語，甚至未能思考的那段時日，是來自孫女的愛澆灌著那具已經沒有靈魂的空殼。

最後，他成為了我所知道的齊可夫。

我們乘著狗車，走在漫長的小路上。

我從懷裡抽出齊可夫給我的手稿，上面記載著屍體復生的技術。

「如果給妳機會，妳會怎麼做？」我回過頭，向後座的少女問道。

紫虛想了一下，用認真的口吻說：「我想我會把你餵給小二子吃。」

我忍不住笑出了聲，並將泛黃的手稿撕成碎片。

迎面而來的風既溫暖又帶有陽光的味道，它拂過我的手心，紙片如花瓣在空中飛舞。

那棟古老的宅邸被我們留在身後，濃霧再度包裹了它，直到再也看不見為止。

※關於《死魂靈》

俄國作家果戈里於一八四二年發表的長篇小說。透過主角乞乞科夫的種種行徑，諷刺沙俄時代的暴政與政策的迂腐。該作被認為是果戈里的生涯代表作，惟作者未能完成第二及第三卷便先行辭世。

5

黎死了，但沒白死，至少他死前留了線索給我們，讓我們知道《馬爾他之鷹》是紫虛家的財產。幾年前一群拾荒者攻擊圖書館，把那本書帶走，而它現在很可能還在一個叫溫德利的女人手中。

溫德利依舊下落不明，但我知道該怎麼找到她，或至少找到襲擊她的人。不論是誰都好，我得問他們也想弄到這本書的原因到底是什麼，如果可以，我還希望他們能告訴我紫虛躲進地下室那天，圖書館到底發生了什麼事。

「這座城市只有三間旅館。溫德利不在我們這裡，但手頭也沒那麼寬裕，我想她今天下午要我請她一杯果汁不是偶然，從鬧區的旅館窗外看過去，正好是那間果汁店，她肯定每天都盯著那些喝飲料的人瞧。」

我揹起書包，並要紫虛穿上外套。原本我不打算讓她跟來，因為沒必要，但她很堅持，而且這件事也和她家人有關，她有知道一切的權力。

我們離開旅館，繞過幾個街角，越過幾個乞丐，回到那間果汁店。果汁店已經打烊了，門口用一片木板擋住，牆上懸著一盞油燈，燈盞裡的油已少去大半。
斜對角，一棟三層樓的建築裡依然燈火通明。沒有招牌，但門口停著幾輛車，一個大漢正坐在門前的長凳上摳腳。
看見我們朝他走來，他瞥了一眼我肩上的書包，問道：「住店嗎？」
還沒等我們回答，他就先行替我們打開旅店的門。
吧檯前的女侍正和一個男客人聊天，聊著感情之類的無聊話題。那男人喝醉了，而且醉得一蹋糊塗。女侍才剛用布將男人吐在櫃臺上的東西擦掉，這醉鬼馬上就給她上添新的麻煩。
我向女侍招呼，她立刻就扔下手裡的布，橫跨幾步來到我們面前。
「謝天謝地。」女侍說。「若不是你們讓我有藉口脫身，那傢伙很快就會開始講他老婆是如何背著他和其他男人亂搞，而且這是第四次了。」
「第四次戴他綠帽子，還是第四次跟妳講這故事？」
「喔，別跟我說你真的感興趣。」女侍擺了擺手，笑容還沒從臉上退卻，她接著說：「一個晚上五張彩券，兩張床附上兩頓早餐，如果有需要，我還能幫你送上宵夜，當然費用另計。」
「我聽說今天有個叫溫德利的人退房了。」
「如果你是想省點錢，當然單人房更便宜，但可惜今天生意比平常要來得好，而且我也不建議你們這麼折磨自己，還是說這樣更——」

「嘿，夠了。」我打斷女侍的話，並在吧臺上放了兩張彩券。「妳今晚聽太多下流話題了。我只是想知道溫德利住在哪間房而已。」

「你真該早點告訴我的。」她說著，並前傾身子，將彩券摸進自己圍裙的口袋裡。「溫德利小姐沒有退房，雖然我也沒看見她，但至少又一個自稱是她先生的人替她續了今晚的房間，三樓第一間就是了。」

「她先生？」

「或是她男朋友，天曉得，我沒記得那麼清楚。」

「沒關係，這樣就行。」我指著通往二樓的樓梯問道：「那男人還在房間裡嗎？」

「入夜以後我就沒看過他下來。」

「好吧，麻煩替我準備一份宵夜，你們這裡有什麼？」

女侍告訴我湯鍋裡有冷稀飯，我說我最喜歡的食物就是稀飯。

接著我又向她借了托盤，告訴她我打算拿上樓去慢慢享用。踩上階梯前，她叫住我們，大概是想起我根本沒付她房錢，令人意外的是，她也沒有阻止我們的意思，只是苦苦笑道：

「別替我添亂好嗎？今晚要照顧這可憐的東西已經夠折騰人了。」

我答應她我會清理乾淨的。

和我們住的木造老房不同，這間旅館是水泥建築改建而成，地上還鋪著能減少噪音的絨毛地毯，假設三樓有人搞出聲響，樓下的人也聽不見，就算二樓的人聽得見，一樓的人也肯定不會知道。

這座城市沒有我認識的人，我不想在這裡惹麻煩，旅行時的防身工具都被我留在狗車，現在書包裡除了被撕下來的書頁以外，還有三十幾張彩券，以及一些溫德利的私人物品。

那是我趁守衛不注意時從行李箱順出來的，跟彩券相比，我還不確定它們能起到什麼作用，但如果房間裡的男人真的是溫德利的丈夫，相信他看見妻子的東西後會很樂意跟我聊聊。

我讓紫虛站在離房門稍遠的地方，我不希望她待會兒被捲進來，而且我需要有人替我擋住其他客人或是憤怒的女侍。

接著，我敲了敲房門，門板上寫著數字三〇一。

我聽到裡頭傳來動靜，有些腳步聲，但腳步聲明顯不打算靠近門邊。

於是我又敲了一次門，並喊道：「客房服務！」

「什麼客房服務？」

這次就行了，是男人的聲音，而且聽得非常清楚。

幾秒後，地面傳來摩擦聲，八成是門擋被移開了。一個男人拉開門，瞪著我皺眉道：「我沒叫客房服務。」

「是嗎？」我也模仿他的表情皺眉。「但剛剛有位溫德利小姐請我送宵夜上來。」

男人神經質地張大嘴巴問：「溫德利？見鬼，真的是她？」

「也許是我認錯了。」

說完，我將托盤上的稀飯砸到男人臉上，男人立刻爆粗口，伸手想抹去臉上的飯粒。我知道我得抓住機會，便將握緊的拳頭砸在他臉上。

男人後退幾步，一手蓋著滿是稀飯的臉，另一手則到處摸索，大概是在找可以用來防禦的武器。檯燈、雨傘、矮凳，整間房裡隨便一個東西都能替他爭取反擊的機會，於是我撿起掉在地上的瓷碗，再次瞄準他的臉，不過這次是太陽穴的位置。

男人悶哼一聲，像是擠出堵在喉嚨裡的氣，接著倒了下去。我伸手確認他還有沒有呼吸，幸好只是昏迷了。

我從浴室馬桶的水箱裡找到一條金屬鍊子，利用它做了一個陽春的手銬，將男人的手腕綁在床角。如果男人用力大概有辦法掙脫，但我本來就不打算讓他跟這張床綁上一輩子。

我叫紫盧進房，她先是注意到倒在床邊的男人，又看看滿地的稀飯，最後才面露困惑地望著我。

「他不愛稀飯。」我說。

「你答應過人家會清理乾淨。」

「嗯，我會，但不是現在。」

房間裡到處都有被翻動的痕跡。我不知道男人想找什麼，也不知道他找到沒有。

他身上套著墨綠色的破舊外套，我把外套連同他的上衣、長褲都搜了一遍，除了彩券，還有些瓶蓋和糖果包裝紙，都是來自不同城市的貨幣，此外還有一張紙條畫著地圖，標註出這座旅館的位置。

我猜男人的腦筋大概不怎麼樣，至少給他這張地圖的人肯定是這麼想的。因為圖上還畫了清晰可見的箭頭，箭頭的末端指著這間旅館，而起始點是城市的東口，剛好在溫德利與我們約好的西口公園的對側位置。

這是好消息，至少我知道追蹤溫德利的那群人是打哪裡來的。

他們是一群拾荒者，連城裡最差的旅店都賺不走他們的錢。城市的東邊剛好有座廢墟群，距離市中心也只有幾分鐘的路程，嚴格說來，他們也算這座城市的一部分，如果我是拾荒者，肯定會選在那裡落腳。

男人並沒有沉睡太久，漸漸甦醒過來。他睜開眼睛，先是茫然地盯著床頭櫃，接著才注意到我的存在。

「該死的東西。」他爆粗口。「我太大意了，你才是那個要跟溫德利買書的小白臉。」

「彼此彼此，別忘記你現在滿臉稀飯。」

他扭動身子，作勢要揮拳，但手腕被銬在床角，於是又想出腳踢人，只不過我早就和他拉開了距離。

他咬著牙，窮盡自己全部的詞彙量咒罵我。紫虛趴在書桌前的椅子上，用像看待珍奇動物的眼神看著他。我建議他冷靜，但很明顯現在他什麼話也聽不進去。

過一陣子，久到飯湯都滲進地毯裡後，他恢復鎮定，看著自己被鐵鍊絞得發紅的手腕，開始哀求我放了他，並詢問我們到底有什麼目的。

「我們的人死在西口的公園，我得知道是誰殺了他。」

「不是我！」他拉高嗓門喊道。「我發誓跟我沒關係，我只聽威爾默說他們殺了個金髮小痞子，其他我什麼也不知道！真的！」

「別緊張，我沒打算找誰算帳。」

我只是想讓男人知道他被我揍一頓是相當合乎情理的。否則我一點都不在意黎，反正這也不是他第一次害死自己。

「那你能告訴我，你在溫德利的房間做什麼嗎？」

這次他的態度明顯變了，他眼神游移，心神不寧地開始跺腳。我能感覺到他在猶豫是否該開口。為了幫助他下定決心，我只好踩住他的腳。

「夠了，有話好說，沒必要動手腳！」男人哀號。「聽著，我只是照命令辦事。有人派我來搜她的房間，想看看她是不是還幹走了其他東西。」

他接著說道：「你得知道，溫德利想賣給你的書是偷來的，她是個手腳不乾淨的人，這已經不是第一次了。」

「我能想像。」我說。「所以你和她都是拾荒者，你們是同一個拾荒隊的夥伴。」

「曾經是，但她這次真的踩到底線了。」

一切都和預料中的一樣。也許除了《馬爾他之鷹》之外，溫德利還從組織裡拿了其他東西，而且八成早就脫手，否則拾荒者不可能會有閒錢住在高級旅社。

這也難怪拾荒隊會氣得想做掉她。

「告訴我多一點，也許我能替你解開鎖鏈，順道在你口袋裡塞幾張彩券。」

「你想知道什麼？」

「為什麼那本書對你們這麼重要？不惜殺了人也要把它搶回來。」

「對啊，為什麼？」男人聳肩。「我只聽隊上每個人都說那東西很值錢，但我不識字，壓根不知道上面寫什麼狗屁，隊裡也沒人知道。」

「包含你們的首領？」

「連他也一樣，我說了，隊裡沒人看得懂字。」

說完，他咧嘴笑道：「但這理由夠充分了吧？你不用看得懂書也無所謂，因為也沒人知道那些珠寶首飾有什麼屁用，大家只要明白它很值錢，這就夠了。」

「你的比喻不錯。」

「謝了。」他看著我手上的彩券說：「還有什麼想問的？」

「我猜你們還沒抓到溫德利。」
「你知道？」
「就說我只是用猜的。如果溫德利在你們手上，你就沒必要繼續待在這裡了。」
男人留在房間裡，除了是為了尋找溫德利手上的贓物之外，大概也是想碰運氣，賭看看能不能遇見溫德利。畢竟她不能求助守衛，而我相信拾荒隊不敢對城裡的商家動手。
黎被殺後，她最好的去處就是回到旅店避風頭。或許看門的壯漢會喜歡她狐狸般的眼睛，自告奮勇替她擺平所有麻煩，就跟今天晚上那個被殺的白痴一樣。
「那你只猜對了一半。」男人說：「我也想知道他們逮到溫德利沒有，所以我在這邊等，等他們來聯絡我。相信我，不會太久的。」
我注意到他的視線有些古怪，臉上也忽然浮現起怪異的笑容。猛一回頭，發現一個留著鬍鬚的男人正站在門口。
「嘿，老兄。」鬍鬚男說：「誰能告訴我這裡他媽發生了什麼事？」
我今天似乎一直在塞錢給別人。先是城裡的守衛，再來是旅店的女侍。
就在剛剛，我甚至差點要把彩券塞進拾荒者的口袋裡。
「幫個忙！威爾默。」男人朝他喊道：「替我搞定這小鬼！」
錢能擺平的事往往都是小事。我必須這麼說服自己，才能不對撒出去的錢感到痛心。

「別動。」我抽出放在口袋裡的筆，抵著他的脖子。

「冷靜點，小夥子，有事我們可以談談。」鬍鬚男一邊說一邊緩緩靠近，我將筆尖埋進男人的脖子裡，命令他停在廁所門口，不准再接近。

「當然得談談。」我說。「不過是跟你們家老大談。」

因為如果有什麼事是花錢還搞不定的，那他肯定會要了你的命。

6

「其實你只要說一聲就好。」

他搓了搓自己下巴上的鬍鬚，同樣的話又重複了一遍，彷彿我像個幼稚園小孩需要再三叮嚀。

「沒必要把場面弄得那麼僵。和氣生財，你們讀過書的肯定都知道這句話。」

他的名字是威爾默，就是那個殺掉黎的人。當然，我知道動手的人肯定不只他一個，我身旁幾個男人肯定都摻了一腳。

但我不打算尋仇，那沒有意義，而且我也不在乎。

一群人走在沉靜的街上，提燈的守衛看見我們總會刻意繞道，就連靠在牆邊抽菸的妓女眼神都比今晚的空氣還要冷漠。

我告訴威爾默這是我跟溫德利的私人恩怨，沒必要把無關的人牽扯進來，請他讓紫虛先回去旅館，他爽快地同意了。

「所以你找頭子打算做什麼？還是不肯放棄那本書？」

威爾默兩手插在口袋裡，吊兒啷噹地踩著外八。筆還在我的口袋裡，但他知道我什麼都不會做，而他也希望我相信他什麼都不會幹，我們就只是走著。

「聽你的口氣，溫德利已經在你們手上了。」

「商人都喜歡用問題回答問題，我懂。」他說。「但我不是商人，所以我可以直接告訴你要抓到她不難，她所有家當都落在公園裡，在拿回來之前，她離不開這座城。而你只要掌握這個邏輯，就能夠在城裡某個骯髒的角落逮到她。」

他敲了敲自己的太陽穴，我很好奇他是不是真的懂邏輯這個詞的意思。

「當然對於你朋友的死，我很抱歉。不過我能保證我們真的沒打算殺他，我們只是想把書弄回來。」

「黎。」我說。「被你們扭斷脖子的那個人的名字。」

「黎，我會記住。如果你想知道，我不介意告訴你是誰幹的，讓你們私下解決這件事。」

他別過頭，大概是在尋找凶手的身影，但我實在提不起勁追隨他的視線。

「你沒興趣？」
「就算你告訴我也沒有意義。我想我只會請他一杯果汁，然後想辦法安排他去參加某個地下拳擊比賽。」
「喔。」威爾默扯開笑容。「那小子的臂力是滿驚人的。」
「我有事情得問他，跟那本書有關的事。」
「啥？」
「我在回答你剛才的問題，你問我找你們老大做什麼。」
威爾默想了一下才說：「喔，當然。對，你當然是對那本書有興趣了，否則溫德利怎麼能騙你上鉤。」
他搔著自己的鬍鬚，那似乎是他習慣性的動作。
我們已經離開都城，視野中出現郊外的廢墟群。廢墟群的某處燃著火光，在這遭遺忘的水泥叢林裡，也只有那裡看得見火光。
那是一間倉庫，夾在兩座建築的縫隙間，但不是普通民宅的倉庫，大概曾是用來停放大型機件的廠房，面積足以讓人停滿十幾輛汽車。
站哨的拾荒者戴著滑稽的棒球盔，手裡還拿著曲棍球棍。看見我們一行人，他替我們拉開了身旁的鐵捲門。

「不管你是要找頭子還是溫德利，他們都在裡面。」

室內到處都插著火把、掛著油燈，把整個倉庫照得跟白天沒兩樣。

溫德利就在倉庫的正中央，低垂著頭坐在一張鐵椅上。她身旁站著一個女人、兩個男人。

「威爾默，你終於回來了。」女人招呼道，一邊把玩著手上的老虎鉗。「你不在的這段期間我們一直在思考該如何處置她。」

「如果你們還沒想到，那就別想了。我不想嚇到客人。」

威爾默走到溫德利面前，我跟在他身後。他向女人介紹我，說我就是想跟溫德利買書的書商。

女人打量著我，和溫德利黏膩的眼神不同，她的雙眸中讓人聞到嘲諷的意味。威爾默沒告訴我她的名字，大概是因為沒這必要。

「她還好嗎？」我問道。

「她？」女人瞥了一眼溫德利。「好到不能再好了，她只是喊太久喊累了，別擔心，我只是說笑，沒打算讓她的血弄髒我的手。」

她說著，一邊將老虎鉗塞到身旁男人的手心裡。

「你如果有事找她，就替我提桶水來，我幫你叫醒她。」

「不了。」我說：「就讓她睡吧，反正她跟那本書沒關係。」

「我知道，你們賣書的眼裡、嘴裡都只有書。」

她抓起溫德利的頭髮，好讓我看清楚她的臉。她的下嘴唇裂了，左臉頰上有一塊瘀血，乾掉的眼淚成了兩條難看的疤。

「如果那些領主老爺看到這姑娘手裡有書，我敢保證他們會開出連她都沒辦法想像的金額。不用非得是這本書，任何一本書都可以，反正也沒人真的在乎她腦子裡裝了什麼東西，她唯一該做的就是把臉蛋和身材好好展現出來。」

她朝地上吐了口口水。

「傻孩子。」

我瞪著溫德利，想起她說的話——好運不等人。那是她的聲音，幾乎就像在我耳邊呢喃。

於是我告訴她，壞運也是。

黑鷹的羽毛還印在我的腦海中，我甚至沒注意到在我們談話期間，威爾默悄悄消失了。

當他再次出現時，身旁跟著另一個男人。那男人的額頭很寬、髮線很高，年紀比威爾默大上一輪，還是個胖子。

「你就是那個想買書的書商？」胖男人問。

「我猜你就是古德曼了。」

「你知道我？」胖男人縮起脖子，擠出肥厚的雙下巴。

「不知道。只是我們已經有了溫德利和威爾默，我猜肯定也要有個古德曼。」我別過頭向女人問道：「妳叫什麼名字？凱羅？」

「卡蘿。」女人說。

「對，要推敲出你們的名字很簡單，都是從那本書來的。」我指著他夾在腋窩下的書說道。

胖男人古德曼抽出那本書，惋惜地撫摸著封面上的那隻黑鷹。

「可惜我不能把這本書賣給你。」他說。

「我不打算買。溫德利說這名字是幾年前有人幫她取的，我想知道那個人是誰。」

「知道了對你有什麼好處？」

「我不能說。」

「那我們沒什麼可談的。」

男人說罷，準備轉身，我急忙叫住他。

「慢著，我知道規矩。」

我將肩上的書包扔到地上，就在我們倆之間的位置，只距離我稍微近一些。

「裡面是什麼？」

「一點籌碼。」我說。「足夠讓我們花點時間聊聊。」

古德曼成功被我勾起了興趣，他命手下取來兩張椅子。鐵椅在他的重量下被壓得歪曲作響。

兩個手下站在我的身後，他身後也站著兩個人。他抽了抽鼻子，用下巴指著書包道：「你要自己打開還是我幫你？」

「不急，我保證你會拿到你想要的東西。」

我知道古德曼跟手下不一樣。儘管他們都不是善類，但威爾默不擅長說謊，而古德曼的身材夠他塞滿一肚子的壞水。我必須有耐心，慢慢從他的嘴巴裡撬出我想知道的。

「先和我談談這本書，我想知道他為什麼對你這麼重要。」

「沒什麼特別的。」古德曼把粗短的手指放在封面的那隻黑鷹上。「因為這本書能替我和整個拾荒隊帶來好運，所以我不會賣掉它，也不會讓任何人買下它。」

「就這樣？」

「不然還能怎樣？難不成你要說裡面的內容能替我買下一座城是不是？告訴我，溫德利給你開了多少錢？」

「七十五張彩券。」

「沒眼光的小賤人。」

他咬牙咒罵道，我很慶幸沒有把最後的成交價報給他。

「就算今天你出兩倍，甚至三倍的價格我都不賣。這本書不是我一個人的東西，它屬於隊上每一個人，我們是因為這本書才聚在一起，成了彼此的事業夥伴。溫德利知道這點，當初她也是一份子！」

「當初？」

「我們做了一筆生意，和這本書有關係。那筆生意讓隊上的人都過了一段還不錯的日子。」

「讓我猜猜，你所謂的生意就是去襲擊某座圖書館。」

「你知道？」他看著我，那又扁又小的眼睛裡產生了動搖。

我想是時候了。

我伸出腿，把書包勾到我腳下，接著拉開拉鍊，將手伸進去。站在我身後的兩個男人很緊張，我知道他們在提防我拿出武器，但我沒這麼蠢，我還想平安走出這間倉庫。

「這上面印著圖書館的章。」我從書包裡拿出《馬爾他之鷹》的版權頁。考慮到他們可能不知道什麼是版權頁，我直接叫古德曼把書翻到最後一頁。

「什麼……噢，該死！是誰把這頁撕掉了？威爾默！」

他指著書上的撕痕破口大罵。倒楣的手下根本不知道發生什麼事，只能成為老大宣洩怒氣的目標。

「我想是我那個死掉的朋友撕的，當時場面肯定很混亂。」

「喔，老天啊……」

古德曼崩潰地扶著額頭嘆息，月光透過天井，打在他光亮的額頭上。「書商，用你專業的眼光告訴我，這會不會影響到這本書的價值？」

「肯定是會的，但影響不大。」

版權頁上寫的都是舊時代的出版資訊，跟內容一點關係都沒有，真正想看書的人都不會在意這種細節。

我如此告訴古德曼，才讓他的心情稍稍平復了些。

「這本書是從圖書館拿來的，但我知道拾荒者對書沒興趣，不會有人無聊到去搶一間圖書館。」

我清了清喉嚨，說道：「你剛剛提到這是一筆生意，代表有人指使你們去搶那間圖書館。我得知道那個人是誰。」

不過是換個問法而已。我很清楚那個人同時也是替他們取名的人，他是個混蛋，但眼睛卻雪亮得很，知道這幫人全都一個樣，蛇鼠一窩。

「也許我真的該告訴你。」古德曼說。「但我沒有理由這麼做。」

「這還不夠嗎？」我將書頁捻在指間。「你總得找個方法把這頁黏回去。」

「喔，對，我都忘了，你說那是你的籌碼……」

古德曼話音未落，我身後的兩個男人突然抓住我的手臂將我壓在地上。紙張懸在半空中，落地前威爾默一把接住了它，並將它交給古德曼。

「曾是你的。」

古德曼挪動肥胖的身軀，來到我面前。他蹲下身，大腿和小腿的贅肉擠得像坨炸麵團。

「有人出了價，要我們去搶那間圖書館。館裡住著一對夫妻，我不知道為什麼有人會想住在那種地方，但就因為他們在那裡，才有人要流血，否則我們的原則是不偷、不搶也不騙。」

「能被打破的東西就算不上是原則。」

「那是因為你沒看到價碼。」他歪著頭，想用那討人厭的嘴臉和我對上眼。「他讓我們去擺平那對夫妻，館裡的東西也隨便我們拿。我就是在那裡弄到這本書的，別怪我迷信，從那之後我們的運氣一直都很好。」

「他們的下場如何？」

「女的死了，男的受了傷。但跟你朋友的事一樣，我保證那是一起意外，本來大家都可以相處得很好，像你和我，只可惜那瘋女人拿刀子捅了我們的人，我會說這是種正當防衛。」

「你根本不懂這個詞的意思。」

「喔，我當然懂。」他抓起我的頭髮。「因為死的人不是我。」

接著他忽然抬起頭，向威爾默問道：「你有聽到什麼聲音嗎？」

「也許是老鼠。」男人說。

「那些畜生就是一刻也閒不下來。」

說完，他把注意力重新放回我身上。

「就像你問我這本書對我有什麼意義，我也想知道那座圖書館和你有什麼關係。我不會殺溫德利，因為我知道她是個不會想著報仇的蠢貨，但留你……我沒辦法放心。」

工廠的鐵皮屋頂上傳來滴答的敲打聲。威爾默說或許是下雨了，但沒人在乎，所有人的目光都匯聚在我身上。

今晚的風很乾燥，不是會下雨的日子。

「你是書商，那麼你和圖書館的關係就不難猜……也許那對夫妻是你的生意夥伴，不，不對，那女人不會跟你做生意，光是拿她一本書就跟割了一塊肉一樣，再讓我想想……嗯，你很年輕，歲數剛好……好，我總算知道為什麼當時沒見到那對夫妻的子女了。」

他張開手，威爾默將一把小刀放到他掌心。

「你想知道是誰害死你父母，現在我有理由說了，讓你有機會轉告他們，順道替我問好。」

他將刀尖抵著我的喉嚨，並用歪七扭八的發音讀出那個人的名字。

天井的玻璃碎了。

就好像真的下了雨，碎玻璃打在月光下的每個人身上，同時一個黑色物體一併掉了下來。沒人注意到它，就算有人發現也沒人在乎，因為沒有人知道那東西的用途。

但我知道。

抓住我的那兩人正忙著甩掉身上的碎玻璃，正好給了我機會掙脫。我起身一把搶走地上的黑色物體，接著打開保險，朝空中扣動板機。

撼動耳膜的爆裂聲響起，所有人都停下動作，瞪著我。

我將槍口對著古德曼，警告他們別輕舉妄動，否則我不介意多開幾槍。其中一個小伙子似乎被逼急了，朝我撲來，我只好將子彈打進他的肩膀裡。

「這……這是什麼鬼東西！」

聽見那個人的慘叫，這群拾荒者才總算意會過來。這種舊時代的發明數量稀少，光是一顆子彈就價格不菲，平常都被我藏在狗車上。如果可以，我甚至希望一輩子都不要有用上它的機會。

「你們還愣在那裡做什麼？還不快給我上！」古德曼大罵。「只是流點血，死不了人的！」

幾個人互相看著彼此，倒在地上的男人仍在掙扎，哀號聲使沒有一個人敢動手。

直到威爾默從身旁的男人手中搶過鐵鎚，朝我扔來。

鐵鎚從我的太陽穴邊掠過，我再次扣動板機，卻沒抓好重心，子彈同樣只擦過威爾默的臉頰。威爾默的雙眼睜得死大，一瞬間他便明白自己剛才差點進了棺材。

只可惜其他人不明白，因為威爾默還活著。

他們開始強迫自己相信古德曼的話，掄起手上的武器朝我衝來。彈匣裡只裝了九發子彈，我打掉三發，而倉庫裡還有十個人。

計算的同時，我又開了兩槍。一發子彈空了，另一發打中一個人的腰，但沒人注意到他倒下。

一把刀對著我的脖子橫劈而來，我壓下身，瞄準那個人的喉嚨還以顏色，他倒在同伴的懷裡，轟飛的牙齒還黏在對方的鼻頭上。

「快！快點！把那小子手上的東西打下來就好！」

儘管古德曼大吼著，臃腫的雙腿卻顯示他正打算逃跑。我已經從他嘴裡問出答案，留著他沒有用處，於是我對他開了一槍，如果這發子彈能了結他的性命，他手下的敗類們也會如鳥獸散。

子彈沒打中他，那幸運的人渣及時拿他手下的身體當肉盾。反而是我來不及閃避攻擊，右手的幾根指頭被人敲了粉碎，已經沒了知覺。

還剩兩發。人數卻好像一個也沒少，疼痛正在影響我的感官。

我沒有停下雙腿，幾次作勢舉起槍只是在威嚇。他們沒見過槍，不知道真正有殺傷力的不是槍枝本身。起初他們還會有所顧忌，但反覆幾次，他們逐漸明白這武器只殺得了倒楣鬼。

一發子彈代表一條人命，一條人命得用五十張彩券買。那是我開給溫德利的價格，現在我只後悔自己當初沒認清這筆交易有多划算。

一個人從角落撲向我，我朝他的腦門又開了一槍，同時也被他手上的木棒撂倒在地。

「快！做掉他！快……搞什麼？」

爆裂聲再次傳來。但是比子彈的聲音粗野得多，我吃力地撐起身，看見入口的鐵捲門被整片扯下來，一隻雙頭狗站在廢鐵上，嘴裡還叼著一個被鮮血染紅的人，是那個戴著棒球帽的傢伙。

「那是什麼鬼——」

人們的尖叫混雜在野獸的吼聲中，我反覆聽見急促的腳步聲與重物摔落的聲音。情勢輕易被小二子逆轉，而牠甚至還沒打算動真格，除非某個不要命的混蛋拿著刀朝牠奔去，牠才會搶在這之前把那個人撕成碎片。

我搜索著古德曼的身影，看見那懦夫正抱著頭縮在角落。

他沒察覺我正朝他走近，當他終於鼓起勇氣抬起頭時，我已經拿槍柄往他的頭頂招呼。我得存下最後一發子彈。

小二子的狩獵很快就結束了。幾個人倒在血泊中，身上留有牠的抓痕，但更多人只是躺在地板上哀號。我沒時間確認他們的傷勢，也懶得這麼做。

我解開溫德利的繩子。那姑娘還是沒有醒來，也許她醒來過，只是又嚇昏過去了。我將她抱到一旁的地板上，接著把古德曼綁上椅子。

我拍了拍小二子的背，右手依然疼痛得厲害，小二子汪了一聲，跟著我走出倉庫。

「結束了？」

紫虛坐在倉庫前的階梯上，我身後滿目瘡痍的情景只讓她稍稍皺起眉。

「結束了。」我說。「妳來得正好，只是我沒想到連小二子都在。」

「你大可多信任我們一點。」

「我只是不想再有後悔的機會。」

我勉強擠出笑容，將手上的槍遞給紫虛，並告訴她這幫人就是當初襲擊圖書館的拾荒者。

「我已經把他們的首領綁在椅子上了，隨便妳處置。」

她接過手槍，盯著黑色的槍身一陣子後，又將它塞回給我。

「不想親自動手？」

紫虛搖頭。

「我只是想知道爸爸媽媽在哪裡。他有說嗎？」

我思考著該如何開口。

古德曼告訴我紫虛的母親死了，父親受了傷。這大概是真的，因為我想不出任何他騙我的理由。只是在領教過他們的行事作風後，不僅母親，我認為父親生還的機會也很低。

「他有說嗎……？」

我試著退出彈匣，但原本就不熟悉槍械，再加上斷了兩根指頭，讓動作變得很笨拙。

「回答我。」

裡面還剩一發子彈。

多虧紫虛放過古德曼，給了我最後一次的機會。

「回答我啊！」

紫虛拉住我的衣領。同樣的台詞、同樣的動作，我想起很久以前我也是這麼對待那個人。

那時他又是什麼反應呢？

……他用像看待流浪狗的眼神一樣俯視著我，然後對著我嘆息。

「你不說，我自己去問他。」

「等等。」

我攔住紫虛。

「也許那個人會知道妳父母親的下落。」

「……誰？」

「拾荒者的老大告訴我一個名字，就是那個人指使他們去襲擊妳家的。」

我抽開手，不再擋住她。她也沒有再提起腳步，只是抬起頭，望著我的眼睛。

即使臉上仍沒有任何表情，泛紅的雙眼卻閃爍著濕潤的光澤。

「柯羅諾斯。」我說，「我的師傅。」

而我已經下定決心，會把這次機會留給他。

※關於《馬爾他之鷹》

達許·漢密特於一九四一年發表的偵探小說。該作不僅是其生涯代表作，同時也入選二十世紀百大英文小說，被認為是冷硬派推理小說的鼻祖。

—本集完—

高寶書版集團
gobooks.com.tw

CP Capt CP006
世紀末書商02

作　　者　八千子
插　　畫　淺也井
責任編輯　陳凱筠
封面設計　林　檎
內頁排版　彭立瑋
企　　劃　方慧娟

發 行 人　朱凱蕾
出　　版　三日月書版股份有限公司
　　　　　Printed in Taiwan
地　　址　臺北市內湖區洲子街88號3樓
網　　址　www.gobooks.com.tw
電　　話　(02) 27992788
電　　郵　readers@gobooks.com.tw（讀者服務部）
傳　　真　出版部　(02) 27990909　行銷部 (02) 27993088
郵政劃撥　50404557
戶　　名　三日月書版股份有限公司
發　　行　英屬維京群島商高寶國際有限公司台灣分公司
　　　　　Global Group Holdings, Ltd.
初版日期　2022年1月

國家圖書館出版品預行編目(CIP)資料

世紀末書商/八千子著.-- 初版. -- 臺北市：三日月書版股份有限公司, 2022.01-
冊；　公分. --

ISBN 978-986-0774-70-2(第2冊：平裝)

863.57　　110020925

三日月書版

三日月書版

GOBOOKS & SITAK GROUP©